아름다운 인연을 만나는 것은

정상화 제4시집

시음사
시사랑음악사랑

자연과 사랑에 빠진 시인 정상화

자연을 보고 표현하는 일 눈으로 보고 귀로 듣고 그 결과물에 새로운 생명을 넣어주는 일이 예술가의 기본이다. 정상화 시인은 자신의 작품에 생명을 넣어 독자와 대화를 하기 위해 주제(主題)를 모태로 선택한 구체적인 재료인 제재(題材)가 중요하다는 것을 잘 아는 시인이다. 주제가 정해지고 소재(素材)를 찾아내는 능력이 그 예술가의 작품을 돋보이게 하듯 정상화 시인은 짧은 언어로 독자에게 일체감을 주는 능력으로 전달된 개성이 명확함을 보여주는 시인이다.

달관과 긍정의 심정을 순수하게 표현한 자기성찰을 보여주기 위해서는 시인 자신이 성실해야 한다고 말하며, 詩는 동작, 선, 음으로 엮은 언어의 표현이고 문장의 마술이라는 것을 시 문학을 통해 보여주려는 정상화 시인이다. 자연을 노래하는 시인, 씨앗을 뿌려 결과물을 얻는 농부가 아니라 자연에서 소재를 찾아 문학작품으로 엮어 독자와 소통을 하는 시인이라는 타이틀이 전혀 어색하지 않기에 정상화 시인을 농부 시인이라고 한다.

정상화 시인은 세상 사람들에게 꿈을 나누어주려 메마른 대지에 씨앗을 뿌리고 그것을 잘 키워서 수확하는 일이 인간의 기본적인 행동이라 여기며 대지에는 씨를 뿌리고 마음의 텃밭에는 창작의 새순을 심어 세상의 많은 이들에게 그 열매를 나누어 주고 있다. 독자와 소통하는 중견 시인의 4집 "아름다운 인연을 만나는 것은"을 기쁜 마음으로 추천한다.

(사)창작문학예술인협의회 이사장 김락호

시인의 눈

시인의 눈은 맑음이다
잡초는 뽑아도 뽑아도
끈질기게 올라와 농부를 힘들게 한다
온갖 방법을 동원해도
결국 잡초는 풀꽃을 피워낸다
그리움의 뿌리 같은...
마지막 농부의 선택은
잡초를 꽃으로 보며 사랑한다
그리고
그들의 이름을 부른다
달개비 강아지풀 깨풀 어저귀
쇠비름 쇠뜨기 쑥 수박풀 고들빼기
별아재비 개불알꽃...
화려하지 않아도 고운 삶
차마 지울 수 없는 이름들!

시인 정상화

제목 : 시인의 눈
시낭송 : 박영애
스마트폰으로 QR 코드를 스캔하면
시낭송을 감상할 수 있습니다.

✉ 목차

✉ 목차

✉ 목차

✉ 목차

본문
시낭송
감상하기

QR 코드 스마트폰으로 QR 코드를 스캔하면
시낭송을 감상할 수 있습니다.

 제목 : 시인의 눈
시낭송 : 박영애

 제목 : 이슬만큼만
시낭송 : 박영애

 제목 : 별꽃 앞에 앉으면
시낭송 : 박영애

 제목 : 가슴에서 몸까지
시낭송 : 박영애

 제목 : 식구(食口)
시낭송 : 박영애

 제목 : 상처도 꽃인데
시낭송 : 박영애

 제목 : 가난 속의 선택
시낭송 : 박영애

 제목 : 나생이의 꿈
시낭송 : 박영애

 제목 : 아름다운 인연을
만나는 것은
시낭송 : 박영애

 제목 : 가을비
시낭송 : 박영애

시인은 자연을 이야기하고 시낭송가는 자연을 품었다.
글자는 날개를 달아 언어로 날고 소리는 자연에 눕는다.

땅과의 촉촉한 사랑

삽으로 옷을 벗기고
맨손으로 속살을 애무하며
씨앗 넣자 비명을 지른다

삽날의 스침엔 듬듬하드니
농부의 손길에 움질움질
간지럽힘에 입술이 떨린다

무 씨앗은 무를
비트 씨앗은 비트를
배추 씨앗은 배추를
껍질 깨고 싹이 나는 거짓 없는
詩를 쓴다

땅이 아플까 맨발로 밟으니
아낙네 가슴보다 부드러운 감촉
그렇다
땅의 가슴은 사랑이다
품은 대로 꽃피우는 고운 사랑

겸손해진다는 것

한 톨 쌀이 된다는 것
햇살의 끈질긴 유혹
바람의 흔들림
밤의 깊은 외로움
참새떼 난도질을 견디는 과정

그냥 무거워지는 게 아니다
이파리의 보이지 않는 떨림
땅속뿌리의 꼼지락거림
끝으로 끝으로 차오르는
수많은 조각들로 겸손이 된다

성숙해진다는 것
기쁨과 슬픔이 버무려진
때론 빗줄기 뒤통수로
숱한 시간 진통 끝에
감당할 만큼 무게로 고개 숙인 일렁거림

꽃이 핀다고
모두가 열매가 되는 것은 아니다
산다고 해서
모두가 행복해지는 것은 아니다

느낌의 작은 순간들
흐르는 대로 운명을 즐기다 보면
아래로 아래로 고개 숙인
꽉 찬 벼이삭의 알곡이 된다

어느 여름날 아부지 체온

소 한 마리
집안 전 재산이던 시절
학교에서 돌아오면
배내골 중뫼 등에 소를 풀어놓고
돌을 달구어 풋감을 구워 먹고
감자도 구워 먹고
반듯한 돌을 주워 비석치기며
땅따먹기에 땀으로 젖고
냇가에 뛰어들어 물싸움에
지치면 맨손으로 물고기 잡아
고추장에 찍어 먹고
해지는 줄 모르고
놀라 산을 헤매어도 소는 보이지 않았으니
울면서 집 삽짝에 쭈뼛거리다
나보다 먼저 집으로 온 소가
마닥밭에 누워 있다
달려가 목덜미 부여잡고 얼마나 울었는지
회초리 들고 계시던 아부지
슬그머니 뒤꼍으로 가시고
소에 붙은 까분데기 떼어
누르니 톡톡 피가 튀고
소는 지그시 눈을 감고

되새김 단맛에 빠져 졸고
여름밤 깊어 하늘에 별도 졸고
소 배에 기대어 잠든 나를 안아
삼베 적삼을 덮어주시던
따스한 온기가
안개처럼 피어나는 여름밤
아부지, 사랑합니다

어무이 퇴원하는 날

고관절 골절 수술 재활까지 1년
보조기로 걸으시다 넘어져
연결 부위 2차 골절 치료 6개월
수술 감염으로 응급실 실려 간 후
철저히 격리된 무균실의 통제
3교대로 돌아가는 간호사 얼굴
매일 아침 회진하는 주치의
지극히 사무적인 환자와 직업인
하루 이틀 정이 들고 이야기가 길어지고
어무이, 우리 집이란다
이승과 저승을 오가는 시간을
붙잡기 위해 밤낮 교대로 바뀌는 자식들 얼굴
기다림이 아니어도 볼 수 있으니
집을 잃어버린 시간
퇴원한다는 소식에 불안한 눈빛
구급차 침대에 누워 간호사실
지나는 순간 150일 정든 시간이 터졌다
"야들아, 내 때문에 고생했다"
울먹이시는 어머니 목소리에
간호사도 울고
어무이도 우시고
구급차 기사는 왜 또 훌쩍이는지
눈물이 소금이라 얼마나 다행인지

14

가슴 시린 밥상

온 들판 벼들
일제히 고개를 내밀어
개화의 절정을 외치며 목말라하니
양수기 웅덩이 빨아올릴 때쯤
고기들이 몰려 파드닥파드닥

스친 어무이 얼굴
반도로 대충 휘저으니
뿍지 꺽지 피리 버들치 지름쟁이
뒤섞인 마지막 몸짓
한 그릇 남짓만 건졌다

생명을 품은 배
예리한 칼로 내장을 도려내는
아픔에도 까만 눈을 뜨고
눈물조차 없으니
다시는 헤엄칠 수 없는 마침표

어쩌랴
매운탕 국물이라도 드시고
어무이 입맛이 돌아온다면
슬픈 언어로 다시 우린 네 육신
아름다운 밥상의 환생이 아닐까

꽃피우는 벼의 매몰(埋沒)

농부가 땅 위에 쓴
땀으로 얼룩진 詩
그것도
연필심이 희미해서
침 발라 쓴 詩를
하늘이 읽고 또 읽다가
얼마나 심술이 났으면
탈고脫稿 못할 전설傳說로
묻어 버렸을까

화려함 뒤켠에

이쁘다고 하다가
꽃 진자리 관심조차 없네

어둠 속 껍질을 찢고
꽃피우는 동안
죽을힘을 다해
햇빛을 견디고
바람에 꺾여 잃어버린 꽃송이
폭우에 눈물을 묻었던 순간을
기억해 주지 않네

네 가슴에도
사랑이 있고 그리움이 있고
아픔이 있음을
진다고 외면한 자리에
꿈 꼭 쥐고 있음을
보고 있었네

이제 좀 쉬게나
따스함으로 스스로를 위로하며
도란도란 들길을 걸으면서
함께해줄 거니까

살았을 뿐인데

소 구이에 파리떼 벌집 쑤신 듯
소는 꼬리를 흔들어 쫓아 보지만
파리 날갯짓만 재촉할 뿐
등치 값도 못 한다
찍찍이를 발랐다
향기의 유혹에 앉은 파리
선풍기 날개처럼 떨다가 주검이 되고
파리를 먹으려 앉은 참새의 날개도 멈추고
지나가던 나비도 파닥이다 힘이 빠진다
처절한 삶의 주검들
파리는 그렇다 치자
참새도 그렇다 치자
착하게 살아온 나비는 어쩌나 모르지
저놈도 필시 모르는 죄가 있는지
죽은 것들은 말이 없다
붉은 피가 멈추고 삶이 말라간다

살다 보면

논둑에 잠든 고라니 새끼
예초기 소리에 놀라 용수철 튕기듯 뛰어
황홀한 벼꽃을 깔아뭉개니
잡으려 뛰다 논둑에 넘어진 어이 없는 순간
고라니는 벼를 휘젓고
숨을 헐떡이며 하늘 보고 있으니
헛웃음만 난다
(작년에 잡아 놓아준 그놈의 새끼일 거야)
하늘을 뚫은 벼꽃이 긴 혀를 빼물고
사랑에 빠진 감미로운 순간을 방해한 미안함
살다 보면 의도와 다르게 흘러가
보이지 않는 상처가 되고
일이 꼬이는 경우도 있잖아
아무렇지도 않은 일들이지만
아픔으로 각인될 수도 있고
그래
변명하지 말자
사랑하면 믿을 것이고
미워하면 어차피 척할 뿐이니
그냥 내버려 두자
기억 속에서 지워질 때까지
죽음보다 슬픈 것은 잊히는 것
등짝이 뻘탕 된 체
예초기 소리를 높인다
죄 없는 풀들만 가루가 된다

그냥 잊고 살아왔는데

정유년 음력 칠월 스무하루
배내골 오두막집
첫닭 울음의 시작과 함께 배를 움켜쥐고
뒹굴다 희미한 마지막 닭 울음
소리와 함께 세상과의 만남
입술을 깨물고 탯줄을 자르고
고추를 보시고는 춤이라도 추고 싶었다는 당신
그날도
아버진 술독에 빠져 담배 쪼이에
밤을 잊어버리셨다
젖배를 골은 생의 시작부터
배고픔 움켜쥐고 산으로 들로 냇가로
머루 다래 얼음 잔대 더덕 마 돌배
복숭아 송기 가재 물고기 닥치는 대로 파먹고 따먹고 잡아먹고
공부보다는 염소 먹이는 게 더
소중했던
버스를 국민학교 사학년 때
참외 수박을 중학교 때 처음 보았던
손바닥만 한 하늘이 세상의 전부이고
생태적 환경의 삶이 그렇게 사는 거리고 믿어왔던 유년의 아슴한
추억 탓에 생일을 기억하고 싶지 않았다
그냥 매일 생일처럼 살고 싶었다

한 줌의 공기에 감사하며
병실 귀퉁이
얼굴 닦여드리고 콧줄로 미음 드리고
"어무이, 낳아줘 고맙습니다"
"오늘 니 생일이 가"
"야, 어무이"
"돈 오천원만 두가"
"와요"
"마신는거 사다가 니 꾹 끼리 줄라고"
"……"
눈물을 보이신다
아직도 멍울진 한이 녹아내리지
않았나 보다
어머니, 어떤 언어로도
정의할 수 없는 요술 같은 이름

개 자제분이라 불릴까봐

이름이 없었다
아기라 불리어 옹알이를 했고
호적에 오르고 이름에
먹칠하기 싫어 이름대로 살았다
어린이라 불리면 해맑게 뛰놀고
학생이라 불리면 책가방을 메고
총각이라 불리면 멋스러운 모양을 내고
선생님이라 불릴 땐 노상방뇨도 못했다
아버지라 불리면 아버지 영역을 지켰다
할아버지라 불리면 어찌할까
바르게 산다는 것은 정명正名
논어 12700 글자가
자신을 통제하고 주위 사람을
편하게 하라(修己安人)고
회초리를 내리치고 있다
이름으로 불린다는 것
이름에 어울리는 꽃을 피우고 향기를
품으라는 가르침
시인이라 불린다는 것
그만의 색깔과 향기로 글을 쓴다는 것
나는 어떤 향기가 날까

설익은 풋 내음에
고개를 돌리고 코웃음은 치지 않을까
사랑의 행위로 만들어진 순간부터
죽음으로 가는 순간마다 불린
이름값을 했을까
정명正名을 지우고
개새끼 소새끼 말새끼 죽일 놈 살릴 놈이 되어도 되는데
살면서 이름 없는 풀꽃 앞에
자신이 부끄러워 하늘을 쳐다보았으니
이름으로 불리어진다는 것
참 무섭다

그리움은 잡초가 되어

무가 속잎을 내밀자
잡초도 대가리 쳐들고 땅을 뚫는다
사랑 속에 키워지는 무
스스로 살아가는 잡초
사흘이면 무는 풀밭 속으로 사라진다
태초부터
나의 영토라고 땅을 점령하는 잡초
호미로 쫓아 가루가 되어도 잘린 몸뚱이에 보란 듯 뿌리를 내린다
벌레가 잎을 갉아먹고
고라니가 줄기를 잘라먹어도
꽃피울 순간까지 새순을 밀어낸다
호미로 긁어 허연 발이 흩어져도
다음날이면 벌떡 일어선다
무는 주눅이 들어 새파란 얼굴로 떨고 있다
품종 개발이란 인간의 욕심에 강한 유전자 근성을 잃어버린 삶을
감싸 쥐고
내 영토를 찾고자 당당함으로
살아가는 삶을 잡초라 내친다
미워 마라
가슴에 자란 사랑의 뿌리도
그리움으로 박히면 잡초가 되지 않더냐

가을에는

귀뚜라미
가을을 데리고
창문을 두드리네

가을
쉽게 오지 않지
여름을 삼켜야 하니까

푸른 들 누렇게
푸른 산 붉게
물들며 오지

물든다는 것
혼절하도록 달구어진
사랑이 하나 되는 시간

푸르름 고집하면
붉음을 강요하면
올 수 없는 길

때문에를 버리고
겸손한 마음으로
그러하더라도 사랑해야지

이슬만큼만

저
쪼그만 것이
투명한 가슴으로 세상을
보고 듣네
메뚜기 볏잎 갉는 아픔
엉무구리 뚜깔 부는 소리
갈라진 논바닥의 목마름
멧돼지 횡포
미꾸라지 통발 유혹
잠자리 공중 구애
할머니 팬티 색깔
농부 발자국 소리
모두 알고 있네
저
작은 가슴으로
작다고?
가뭄을 버티는 해를 품은
큰 희망이니
나만큼만 살아라

제목 : 이슬만큼만
시낭송 : 박영애
스마트폰으로 QR 코드를 스캔하면
시낭송을 감상할 수 있습니다.

갈증은 외면 하시더니

가을비 내린다
미친년 고쟁이 찢어지는
소리를 내면서
간절한 순간 등을 돌리시더니
필요 없는 순간에 오시는 빗님아
낯짝도 두꺼우시네
완성을 앞둔 벼
호숙기에 꼭 필요한 따그리한
햇볕을 갉아먹어
문고병에 허물어지는 벼들이 가엾지도 않니
얼마나 더 호작질을 해야
속이 시원하겠니
황금으로 물들일 막장 잎마저
무너질까 두려워
농심의 가슴은 까맣게 타는데
하늘아, 좀

삶의 본능

거품을 물고 큰 눈에 흰자를
굴리며 뒷걸음치다가 이해할 수
없다는 듯 공중을 향해 뒷발을 차며
뚫어지게 바라본다
비슷한 시기에 태어난 송아지 3마리
첫배를 낳은 어미소 젖이 모자라니
어슬렁거리며 눈치를 보다가 어미가
사료 먹기에 정신이 팔리면 뒷다리
사이로 머리를 박아 도둑 젖 먹으니
늦게 태어났어도 덩치는 더 크다
나도 가만 지켜보다 머리를 가랑이
사이로 집어넣는 순간 가로막는다
몇 번을 반복하니
억울한 듯 독기를 품고 푹푹 거린다
주린 배를 채우기 위한 본능의 불꽃
새끼 없는 어미소 헛젖을 빨다가
날카로운 뿔에 받혀도 포기를 모른다

가난에 굶주려 젖이 모자라
서럽게 울어 대는 갓난아기
어미의 가슴은 소금에 절인 듯 허물어지고
밥물에 사카린 툭 던져
놋 숟갈로 떠먹이며 흐르는 눈물

사람이나 짐승이나

호박꽃

저놈의 호박벌 말벌 좀 보게나
사발만 한 깊은 꽃 속에 노란 꽃가루
뒤집어쓰고 헤매는 꼴 좀 보게나
넉넉한 가슴이 낳은 풍성함
보리장에 몸을 다진 살 내음
누구와도 궁합이 맞는 팔방미인
애호박을 낳고
노릇이 구운 전이며
달콤한 죽을 만든 누렁 뎅이를 낳고
욕심을 비워낸 속은 또 어떻고
사랑을 머금은 풍성한 여인
꾸밈없이 편안한 친구 같은 여인
풀밭 사이 궁뎅이 살짝 까고
쉬하는 부끄럼 타는 여인
모두를 주고도 더 줄 것이 없나
고민하다 마지막 한 잎까지 보리밥
쌈으로 내어주는 어무이 같은 여자
싸울 일 없는
편안히 기댈 수 있는
가슴에 안겨 잠들고 싶은
아무리 먹어도 질리지 않는
맛깔스러운 여인
함부로 손 대지 마라
은장도의 자존을 뽑아 꼭지째
툭 떨어진다

내 고향 배내골은

멸문의 화를 피해 포은 선생 후손
정지한 할아버지께서 350년 전
배내골에 은신한 탓에
피할 수 없는 핏줄의 선택 영일 정가
집성촌이었던
내를 끼고 돌배가 많아
이천梨川이라 불리는 곳
하늘과 땅 사이 천혜의 요새
신불산 간월산 왕방산 천황산 재약산
가지산 오두산 능동산 영축산 꼬리를
물고 숨어 있는 속살
아비와 어미는 산짐승이 되어
초목 근피로 생명줄을 이어 보릿고개를 넘고
개 딱지 움막에서 숯을 구워 풀칠
천주교 박해를 피해 은신한 죽림굴
빨치산 지휘소 681고지
공비토벌로 초토화된 피신
화전민의 비탈밭에 심은 한
억새보다 질긴 억새꾼들
누구에겐 치열한 삶의 공간
누구에겐 생명 은신의 공간

혁명을 꿈꾼 좌우 패싸움 터
장꾼들의 뒤꿈치를 갉아먹은 길
지난 모든 것
새순의 푸르름에 가리고
낙엽 아래 묻히기를 반복하던
정유년 새벽닭울음소리 들으며
태어난 이튿날
어무이 콩밭 메러 가시고
배고픔에 바둥이는 아기는
뒤꿈치 마찰로 뼈만 남은 흔적
(덕분에 왼발 뒤꿈치가 없다)
뒷등 밭 보리 봉답 밭 감자 앞산 밭 콩
철 따라 산은 돌배 어름 다래 머루 마
더덕 산나물 버섯 배내천의 메기 꺽지 탱가리 북지 꺽지
떼지미 쉬리 뱀장어 피리 중태기 가재로 배를 채우고
독사 살모사 흑사 너불대 무자수
뱀을 잡아 독에 모아 팔았던
배고픔 구워도 먹고
정재골 성지골 땅골의 버섯은 별미
중묏등 점터 봉답 동묏등 다마내
당밑에는 소풀을 뜯기던
봄이면 배꽃으로 물든 산을 보며

31

여름이면 파래소 철구소 팽미소
갱미소 물개가 되고
가을이면 내장산보다 멋진 단풍
겨울이면 눈으로 덮인 별천지
단절된 처녀림의 속의 비경을 보며
숙명처럼 산을 이고 살며
콩 보따리 이고 지고 오두메기
장구메기 간월재 넘어 장 길을
검정 고무신으로 넘었다
그렇게 짐승처럼 살았다
공부가 하고 싶어 지게를 돌로 내리치고
이천국민학교 졸업 후 떠나온 고향
긴 시간 속 문명의 바람이 불어
개벽이 되어 버린 곳
억새가 춤추듯 바람에 떠밀려 살아온 삶
억새가 살기 위해 죽고
죽었다가 살아나는 것처럼 살아온
상처와 슬픔으로 얼룩진 유년을
지우고 싶은데
잊어버리고 싶은데
태어날 때 하늘과 땅의 기운이 끌어당겨
내 삶이 힘겨울 때 연어가 되어
회귀의 꼬리를 친다

물든다는 것

때를 알아
아픔 안으로 삼키며
누렇게 물들어 가는 벌판

여름 내내
용광로 같은 열정 안고
설렌 행복

푸르른 자존
내려놓은 끝자락
순응의 축복

가을바람
주체할 수 없어 흔들리는 음표
누렇다 하얀 이별 노래

스스로 스며든
황혼의 빛
곱디고운 사랑아

어무이 시트와 옷을 빨며

아픔의 찌꺼기를 세탁기로
혼은 빼어 옥상 빨랫줄에 걸쳐두고
소똥을 치우는 순간
눈부신 광목을 시샘한 도둑비에
눈물이 부활한다
때에 절은 가족 옷을 잿물에 비벼
얼음 구멍에 집어넣고
부르튼 손으로 방망이 내리치던
씩씩함은 반세기를 넘어
자리가 바뀌었으니
24시간 침상에 누워 땀으로 토해낸
지난날의 찌꺼기들
반 미치광이가 아니면 넘을 수 없었던 선짐이질등
천질바위 향해 두 손 모으고는
11살 아들을 앞세워 눈 내린 어둠을
뚫었던 당신의 분노
검정 고무신 발은 얼음이 되고
얼어붙은 꽁보리밥으로 허기를 지웠던
지독하게 가족들을 위해 걸었던
머리에 이고 등으로 짊어졌던
흙으로 손톱을 깎았던 질곡의 때를
돌리고 또 돌리며 빼고 있다

가을 산

가을 산에 안긴다
산속에서 자라서인지 산에만 오면
어머니 품처럼 포근하다
연보라 구절초 해맑게 웃어주고
억새는 하얀 손 흔들며 반기네
물푸레 나뭇잎 사이로 하늘을 훔쳐보며
송이 꽃 향기에 취해
굽은 나무의 사연도 듣고
곧은 나무의 평범한 삶도 바라보며
소나무 숲으로 들어선다
눈에 힘을 주어 땅을 훑어 나가니
본능적으로 오감이 움직인다
어릴 적부터 몸으로 느끼는 직감
초경의 봉긋한 가슴처럼 솔잎이 솟아 있다
여기도 저기도
심장이 뛴다
조심스레 옷을 벗긴다
송이가 하얀 머리를 내밀며 수줍게 웃는다
하늘의 기운을 얻고 땅의 영험함으로 솟아난 송이
네 육신을 삶아 뱃속으로 보낼 테니
혈관 속으로 들어가 어머니 웃게 해 주렴
발걸음이 가볍다
산은 내 인생의 영원한 스승
품고 계신 숱한 놀라움들
어찌 다 배울까?

동네 한 바퀴

침상에 누워 눈동자 움직인
반경만큼의 삶
천정과 벽이 유일한 세상
"어무이, 마실 갑시더"
"오냐"
"어무이, 잼 나제"
"미친놈아 논에 피 좀 뽑지 뭐했노"
"어무이 때문에 시간이 없지요"
"글라, 미안타"
"이 집은 누구 집?"
"용근이 집 아이가"
"아이고 잘하시네"
"이건 뭐지요"
"모개 아이가 마니 달릿네"
"…"
일을 놔두고 못 보는 성질은 여전하시고
기억 속에 삶도 그대로이다
매일 건강의 기준을 읽어 보는 동네 한 바퀴
당산나무 지나며 뭐라고 중얼거리시더니
집에 가자고 성화시다
돌아갈 집이 있어 편안하고

함께할 수 있어 행복하니
피한다고 도망간다고 해결되는
삶이 있을까
마음에 문만 열면
언제나
즐거운 삶이거늘

석산(石蒜)

함께할 수 없는 미움인지
만날 수 없는 그리움인지
미움이나 그리움이나
화려함 뒤에야 감춘 속내는
차지하고라도
기억 저편에 묻어 버리고 싶은 마음
사위어 가기를 바라지만
꽃대는 길어만 가네
그래,
미움이 마음대로 되면 미움이 아니지
사랑이 마음대로 되면 사랑이 아니지
향기를 화려함으로 지우자니
붉은 선혈이라도 뿌려야지
꽃무릇
그래, 무릇
몸과 마음 사이 너무 멀구나
사랑이 그리움 되고
그리움이 미움 된 앙칼진 가슴아
3억 년 이어온 하루살이의 가슴도
사랑을 위한 죽음이었으니
포시러운 그리움도 행복이지
싫어하면 어쩔 뻔했니

도구를 치며

벼들이 고개 숙여 일렁이니
논바닥 물을 토해낼 수 있게
엎드려 도구를 친다
벼농사 과정에 가장 힘든 작업
허리 힘 실어 삽날로 흙을 퍼올리니
작업복에 엉킨 소금 녹았다 풀렸다
쉰내가 난다
타는 목마름 뒤 구석 찬물로 목구멍
적시고 수천 번 반복하는 삽질 속에
미꾸라지 촐랑이고 가재는 집게발로
버티고 물방개 뱅뱅 거리고 메뚜기
얼굴을 간지럽히네
모두가 가을 준비에 바쁘다
질 땅 농사는 힘들지만 물기가 오래 가니
밥맛은 최고라 포기할 수 없네
모두가 좋을 순 없으니
좋은 게 있으면 나쁨도 있음이라
인생이나 땅이나 다를 게 뭐야
살랑 바람에 후드득 떨어진 알밤
몇 개 주워 이빨로 깨무니 어찌나 달콤한지
다시 삽을 잡고
멧돼지 논둑을 파헤치듯 뻘 속을
뒹굴고 있다

늑대 소년이 된 어무이

"아야, 아프다!"
가슴이 철렁하다
(응급실 가야 하나)
"어무이, 어디 아픈데요"
"머리 어깨 목 옆구리 다리다 아프다"
얼굴을 살펴보니 고통의 흔적은
찾을 수 없는데
잠든 사이 소 사료 주고 밥 한 숟갈
먹는 사이
잠이 깬 순간
혼자라는 느낌의 공포
순간 밀려든 버려진 설움일까
꼭 안아드리며
"이제 안 아프지요"
"그래, 어디 가지 마라"
"알았심더"
잠들었다 싶어
살짝 일어서 나가려니
"아야, 아프다" 소리
멈추어 돌아서면 조용하다
몇 번 반복에 웃음이 난다
마주 보고 웃는다

들킨 속내 웃음으로 감춘다
눈치 9단이 신 어무이
혼자 누워 계시기 싫어 "아프다" 소리가
자식을 옆에 둘 수 있다는
나름 계산된 행동
그러지 않아도 답답한 속내
눈빛만 봐도 다 아는데
꽃잎에 앉아 꿀을 따고 다른 동료의
시간을 벌어 주기 위해 꿀이 없음을
알리는 흔적을 남기듯
항상 옆에 있다는 느낌으로
혼자라는 절박한 공포를 지울 수 있는
복제 느낌이라도 있으면 좋겠다
추석 나물이라도 하려면 무 밭 솎아
와야는데 참 참

가을이 익어 간다

산과 들
꽃 진다 슬퍼했는데
진 자리마다 열매 익어가는 것 좀 보게
익는다는 것이 사랑이구나
비교 없는 자신만의 모양으로
스스로 겨운 겸손함으로 익어 간다
때를 알아 무게를 못 이겨 알밤 떨어지는 소리가 정겹고
푸른 영혼을 마지막 열매로 밀어 넣고 물들어가는 이파리가 곱다
지난여름
가뭄과 폭염으로 슬펐던 기억은
지우고
가을은 익어가는 사랑으로 꽉 찼다
자꾸만 웃음이 난다

자연의 순리

낮에서 밤으로
봄 여름 가을 겨울의 순환
열두 번의 보름달이 피고 지는
음양오행의 순리
섬찟하리만큼 불변의 믿음 위에
때맞춰 씨 뿌리고 거둔다
때론
가뭄과 장마 태풍도 만나지만
겸손의 회초리로 여기며 순응하는
농부의 우직한 삶
때문에 핑계 대고 욕심내지 않고
그러하더라도 순응하며
땀 흘린 순간의 행복을 기억하며
가을의 기쁨을 누린다
자식을 키워본 어머니는 안다
자식농사 뜻대로 되지 않음을
한 톨의 쌀도 그러하더라
탓하지 말아야지
뿌린 대로 거두는 자연의 순리
한 숨인 삶 곱게 살아야 해
가을 들녘이 물들어 간다

나를 버려야 할 때

자신을 객관적으로 바라보는 것
삶의 최고의 통찰이다
먹는 것, 입는 것, 싸는 것
생사여탈권生死與奪權을 쥐고 있다
아니 권한은 없다
그것은 신만이 할 수 있기에
시간 맞춰 콧줄로 영양음료를 넣고
씻기고 옷을 갈아입히고
버리는 일까지 아무것도 할 수 없는
당신
눈빛으로 교감하고
행동으로 옮기는 순간
미안함 때론 서운함이 흐른다
양쪽 콩팥으로 연결된 소변을 비우면
대변으로 범벅된 시트를 갈 때면
눈을 지그시 감아야 하는 속내
우리의 내일인지도 모른다
자신을 안다고 장담할 수 있을까
소크라테스보다 먼저
그리스 델피 신전 기둥에 새겨진
"너 자신을 알라"를 되씹으며
나가 있기나 한 건지

내 새끼 똥을 이뻐했던 만큼
나의 똥도 이뻐했을 당신
그 시간만큼
무아無我의 경지에서 사람 사는
이치를 깨달음
여든다섯 어무이 여자란 자존
한바탕 난리를 치고는 곤히 잠든
숨소리를 듣는다

911 병동 영덕 할머니

"날 데려도 고 아야
고향 데려도 고 아야
아야 궁디야
장개이 치워도 고 아야
무르 패기 세워도 고 아야
아들 데려도 고 아야"
간병사 못 알아듣고 눈만 멀뚱
통역을 해주니 움직인다
혈액투석에 생명줄이 거미줄처럼 얽혀있고
소변줄 시술을 위해 3일을 입원하신
어무이는 귀신 소리 난다고 하신다
고통일까
마음의 울분일까
여름밤 소쩍새 울음처럼 피를 토하면서도 반복하고 있다
마지막 말라가는 꽃잎의 숭고함도
없이 한을 토하고 있다
누구는 낳아준 부모를 팽개치며
돈으로 도리를 다한 양 코빼기도
보이지 않고
누구는 죽어가는 생명을 붙잡고
힘겨운 쪽잠을 자며 돈을 벌고 있다

저리도 간절한 아픔을 자식들은 알기나 할까
허기사 안 보면 느낌도 없으니
키울 때 내 삶이 힘들다고
자식을 버린 부모가 있던가
하늘에서 떨어진 양 삶을 핑계로 외면하는 당당함을 어이할꼬
아프면 아픈 대로
힘들면 힘든 대로
기쁘면 기쁜 대로
부대끼며 살다가 그렇게 가는 거지
영덕 할머니의 처절한 절규가
메아리 되어 허공을 맴돈다

좀 건드리지 마라

농업 정책은 죽었다
청년농업인 육성한다고
예산을 쏟아부어놓고 돈만 꿀꺽
청년 농업인은 어디 가고 없지?
더 웃기는 건
서울 집값 잡겠다고 토지공개념 운운한다
서울 집값하고 농촌이 무슨 관계 있는지
수 십 년 농지 제한 정책으로
울며 겨자 먹기로 뼈 부러지게 농사만 지어 왔는데 보상은커녕
농지 처분권마저 제한하겠다고
야들이 정신 나갔나 보다
농민을 소외시키지 않겠다는 약속은
간 곳 없고 토지세만 돼지게 올려
울화가 치미는데
서울 집값 1년 사이 4억이나 올려
서민 가슴 짓밟더니
농민이 무슨 죄가 있다고
땅도 못 팔게 하는지
잡을 건 못 잡고 농민만 잡는다

농촌은 지금 거대한 노인 병동
땅도 좀 팔아야 남은 인생 살지
쥐뿔도 모르면서 입만 살아서 씨불이고 있다
좀 잘하자
우리는 다르다고?
얼마나 큰 착각인지 알기나 하니
참 큰일이다
수확을 앞둔 들녘에 태풍이 오고 있다

시월

도토리 비탈을 굴러 어깨를 맞대고
옹기종기 앉아 놀다가
가을비에 젖어 혀를 빼물고 땅을
더듬는 야릇함
연록에 겨운 눈물
기쁨으로 꽃피워 송충이 같은 모양새로 허물어 지더니
끈끈한 욕정 끓어오른 여름날을
태중의 소중함에 마른침 삼키고
화들짝 놀란 잎새들의 떨림도 잠시
까마득한 공중에서 수직의 이별
툭 투둑 툭 통 통 통
더 이상 잃을 것이 없는 순간
주었던 열기를 거두어 이별을 준비한다
아파하지 않는 처연함
이별은 또 다른 인연임을 터득한
가슴으로 옷을 벗는다
잃어 가는 것에 익숙함으로
마지막 투신을 준비한다
생에 가장 아름다운 비명으로
불타는 사랑 그리고 이별

태풍 콩레이

망망대해
사랑했기에 죽도록 사랑했기에
외로움에 울었고
사랑했기에 죽도록 사랑했기에
그리움에 치를 떤 긴긴날의 분노가
서서히 회돌이 쳐
한반도 남부 지방으로 향한다
거칠 것 없는 질주
때론 저렇게 부서지고 싶을 때가 있지
작은 가슴들은 실핏줄이 터지고
심장을 후비는 순간 멈춘다
2016년 차바의 악몽
눈을 감는다
분노를 꿀꺽 삼키고 경고한다
무섭다
분노라는 것
그나마 다행
고마워 콩레이 착하게 살게

하늘아

태풍이 지나간 자리
할퀴고 찢긴 자국들
벼들은 반쯤 드러누워 턱을 괴고
힘겨워한다

방기말 논을 돌며 나오는 한숨
힘들게 도구를 쳤는데
모두 막아 버렸으니
하늘의 심술이 원망스럽네
체념은 빠를수록 좋은 것
다시 삽자루에 힘을 준다

하늘 호작질이 한두 번 두 아니니
그러려니 해야지
저러다 한 번은 당할 거야

글을 쓰면서도 수십 번 고치잖아
삽으로 쓰는 시라고 별수 없지
고치고 또 고치고
막혔던 물이 흐르고

삽을 놓는 순간
하늘은 배시시 웃고
속이 뒤틀려도 방법이 없네
(하늘아 아무리 그래도
땅 없인 너도 못 살걸)

가을날의 심술

가을날이 궂은 인상을 쓰고
심통을 부리니 끝자락 푸른 껍질은
울먹이며 쭉정이 영혼을 쫓고

따가운 햇살에 익어갈 가을은
하늘이 죽도록 얄밉고 원망스러운데
싸늘한 냉기마저 보란 듯 뿜는다

풀숲 벌레소리도 기가 빠지고
푸른 하늘이 그리운 무와 배추는
돌아선 가을날도 서러운데
찬 이슬마저 부아를 돋우네

콤바인에 올라탄 농부는 시동 켜기를 멈추고 논을 휘둘러보며
고개 쳐든 이삭으로 등급 낮아질까
벼 베기를 망설이는데

구름과 정분난 하늘은
사랑에 미쳐 보이는 게 없으니
농부의 마음쯤이야
배신에 젖은 가을날의 화풀이를 어찌할꼬

당신 가슴 한 귀퉁이

휠체어 태우다 신장으로 연결된
소변줄 빠져 다시 시술
확인차 병원 가는 구급차 안
불안한 어무이 눈동자에 투영된
지나온 삶의 한 자락
독 안에 든 쥐새끼처럼 숯을 구워
팔았던 배내골 사람들
소금물 뿌린 꽁보리밥 삼베보에 말아
오관 돌이 숯포 걸 빵에 짊어지고
간월재 선짐이질등 넘어설 때
짚신 터질까 맨발로 걸어 언양장
보이면 짚신을 신고 숯을 팔았던
한 맷힌 노래
"흑탄 백탄 타는 데
연기만 퐁퐁 나고요
요내 가슴 타는 데
연기도 김도 안 나네"
숯만 타고 말았을까
가슴마저 하얗게 타버린 지난 순간
짐승 같은 삶
모질고도 독한 목숨 끈 이어온 삶
세월마저 지우지 못한 흔적은
소변줄을 타고 발갛게 흐른다

첫 수확의 기쁨

콤바인에 올라탄 농부는
선견몽先見夢에 젖어 벼이삭을
집어삼킨다

채 마르지 않은 논바닥을
뒤뚱거리며 봄의 꿈을 주워 담는
얼굴엔 야릇한 미소가 흐르고

초가을 날씨가 궂은 탓에
미처 영글지 못한 푸른 낟알들이
아프지만 하늘이 준 선택이니 순응할 수밖에

무게 겨운 이삭을 지켜온 볏짚은
자기의 의무를 다한 듯 논바닥에 누워
가을 햇살에 몸을 말리네

봄부터 농부의 사랑을 먹은
알곡이 콤바인 붐대를 타고 폭포처럼 쏟아지고

가슴은 터질 듯 부풀어 오르는데
쌀값이 바늘 되어 찌르지 않았으면

가을 풍경

가을이 먼 산 초록을 갉아먹느라
붉은 혓바닥을 날름

농부는 황금 들녘을 먹어 치우느라
배가 짜구날 지경

낮잠을 즐기던 고리니 콤바인 소리에
놀라 용수철처럼 튀어 언덕을 넘는
너구리 뒤뚱거리며 도망가는 뒤태가
이뻐 웃음 나고

도회지 찌든 마음의 무게를 털어
내느라 발바닥 비벼대는
관광버스도 흔들림도 귀엽구나

저렇게
가을은 자신이 선 자리에서
얇은 햇살을 아쉬워하며
붉은 열정을 툭툭 내뱉고 있다

콤바인도 가슴이 있는데

기계는 거짓이 없다
어무이 신경 쓰다 보니 기계 점검
못하고 닷새를 밤낮없이 혹사시켰더니
어둠이 들판을 삼키는 순간
고무 타는 냄새와 함께 연기가 피어올라
콤바인 멈추고 살펴보니 동력 벨트가 끊어졌네
논두렁에 앉아 하늘 보고 웃고 만다
타작할 논들은 줄지어 기다리고 있는데
죽도록 부려 먹고 제대로 점검 못한 무지한 농부야
끊어진 벨트를 떼어내며
괜스레 미안한 마음
말 못 하는 기계라고 막 부려먹더니
꼬시다!

황당한 순간

논 모서리 남겨진 벼 포기를 잡고
낫에 힘을 주는 순간 목이 댕강 부러지는 황당함
부러진 날을 쥐고 쑥 뜯는 모양새로
마무리하려니 허패가 뒤집히고
어이없는 웃음이 나는 건
자루에 붉은 글씨로 품질보증이라
붙어 있는 상표
농부는 낫이 생명인데
눈가림으로 만들어 심장을 갉아먹는
상술에 부아가 치밀어 오르네
역사 속에 농기구는 때론 무서운 무기가 된다는 것을 모르진 않겠지
땅 파먹는 농부도 뜨거운 피가 흐르고 있다네
좀 조용히 살게 해줄 수 없겠니

벼이삭에 담긴 사랑

먼 산 단풍이 내려앉고
하늘은 티 한 점 없이 파란 가슴
상큼한 바람은 마음을 흔들고
가을을 즐기는 사람들의 행렬
참 좋겠다
부러움도 잠시 콤바인 키를 잡는다
팔순을 넘긴 진산댁 할머니
꼬부랑 허리로 기계 들어갈 자리
낫으로 베었어도 너무 좁다
이삭을 밟지 않으려 조심했는데
궤도 속으로 빨려 들어가 짓이겨지니
할머니 이삭을 줍고 있다
여름 내내 유모차 앞세워 물 대고
잡초 뽑아 자식처럼 키운 벼이삭
그것은 사랑이니까
아까워서 아니라 사랑했기에
저리도 소중한 거야
콤바인 속도를 늦춘다

순간의 아픔

구급차 불렀다
어둠이 들녘을 삼킬 때쯤
콤바인 멈추고 집에 오니 어무이
아랫배가 묵직 하다시네
신장에서 시술된 왼쪽 소변줄이 빠져있다
수술실로 피부에 옭아맨 줄이
어떻게 빠졌을까?
사이렌 소리는 노래처럼 들리고
어무이 울먹이시며
"큰 아야, 미안하다"
웃으며 진정시키고 응급실 도착
밤에 시술을 못하니 밤새 열나면 오고
아님 내일 아침에 오라는 의사의 말과 함께 문이 닫힌다
사정해봐도 대꾸도 없다
집에 와 진정시켜도 뒤척이신다
무의식의 자책이실까
종일 천정만 바라보시는 무료함이
낳은 결과물
걷지 못하셔도 휠체어로 동네 구경도
하시고 아프다 소리 안 해서 얼마나 다행인지
가끔 이렇게 놀라게도 하지만...
마음과 몸의 엇박자의 아픔
스스로 피어짐이 아름다운 것을
산다는 것은 한 편의 詩
그러하더라도 사랑해야지

가을비 내릴 순간

안골 들녘 까맣게 침묵하며
한바탕할 모양
가을비 많이야 오랴만
비설거지에 할머니들 움직임이
굼뜨기만 하니 마음은 바쁘고 몸은 제자리걸음
탈곡을 기다리던 벼들도 고개 끄덕이며 졸고
콤바인은 곰처럼 앉아 주인 눈치를 살피며 버티고
볏짚은 누워 몸을 말리며 제 몫을
다한 안도의 숨소리
속 타는 농부는 하늘을 쳐다보며
자연의 순환성에 대들지 못하고
(하늘아 조금만 참지 그래)
그래,
타는 불길은 시간의 변화 과정
공간의 개념으로 무게로 환산하면
안 되겠지
미처 손길이 닿지 못한 도로변 우케가 비에 젖어 울고 있다

한밤의 나 홀로 이야기

비몽사몽
꿈결인지 잠결인지
"큰 아야, 머리가 빠개지도록 아프다"
놀라 머리를 짚어보니 열은 없다
진통제 넣어 드리고 누우려는 순간
빗방울 소리
심장이 와그작거린다
도로변 왕대 찰벼 100여 가마 깔아 두었으니
비닐을 들고 뛰어가며
하늘 향해 욕을 퍼붓는다
다행히 지나가는 비
욕먹긴 싫었던 모양이지
건조기에 말리면 편하고 좋지만
열기로 말린 벼는 찰기와 구수한
향이 사라져 깊은 맛이 없다
나 먹을 것도 아닌데 쉽게 하고 싶은
유혹이 꿈틀거리지만
농부의 자존 때문에 피식 웃고 만다
땀 흘려 가꾼 사랑
싸구려로 만들 수 없으니까
어느 한 사람이라도 나의 사랑을 먹고 황홀할 거니까
깊은 밤 혼자서 비디오를 찍고
하늘은 웃고 있다

볏짚을 걷으며

제 몫을 다한 볏짚
가지런히 누워 몸을 말리자
짚초기로 세워 소먹이 준비한다

버릴 게 없는 삶

여름 내내 알곡을 만들고
힘들었던 육신마저 보시하며
다시 흙으로 돌아가는 순리를
따르는 처연함

어린 시절 아버지
겨우내 새끼며 꼴망태며 소쿠리 멍석
짚신을 삼아 봄을 준비했던 소중한
동반자였지

몽땅 주고도 더 주고 싶은
사랑하는 마음이 소복한 삶
어찌나 이쁜지 웃음이 절로 난다

가을의 끝자락에

먼 산 가지산이 손짓하지 않아도
가까운 신불산이 유혹하지 않아도
물든 가을 길을 걷고 싶은데
콤바인 소리에 묻힌 가슴만 바스락거린다
하늘땅 산 들판은 최고의 색으로
물들어 이별 앞에 서 있으니
저미도록 아름다울 수밖에
바람에 무너진 가로수 은행잎
물 흐르듯 구르는 순간이 사랑의 절정이 아닐까
아픈 순간의 추억만큼 삶도 따스하고 행복했을 테니까
가을아, 안녕

만추의 한 순간

새벽하늘 시리니
별빛도 무서리에 얼어
깨어져 흔들리고
몇 때기 남은 벼들은 하얗게 질려
주인을 기다리는데

벼 베기에 빠져
누워서 천정만 바라보는
무심의 눈동자를 외면한 아픔
휠체어도 태워 드리지 못해
굳어가는 다리가 죄가 되어 뻐덩이니

가을걷이는 끝나가고
농부의 주머니도 깝북하니
언양장 들러 어머니 속옷이라도
한 벌 사드려야지

하얗게 덮인 들녘
채 맺지 못한 늦깎이 꽃들이 아프고
수확에 동참하지 못한 남겨진 벼이삭은 달랑달랑 울고 있다

막사 소똥은 그리움처럼 쌓여
손길을 기다리다 똥소가 되었으니
바쁘다는 핑계로 덮인 사랑아
미안하고 또 미안해

그러하더라도 사랑해야지

탈곡통 와그락거리는 소리
콤바인 멈추고 보니 통발이
예취 날을 깨고 이동 체인을 따라 들어간 탓
"김형, 미꾸라지 잡았지"
"아니"
(오리발을 내민다)
마지막 도가리는 시북논
힘들게 마무리하고 있는데
김형 트랙터가 빠져 허우적거리고 있다
움직일수록 깊이 들어간다
(그만하라고 해도 똥고집 피우더니
꼬시다)
콤바인으로 당겨 꺼내 주며
"김형, 타이어나 좀 갈아 끼우소"
"중대가리 같제, 돈 없어 안된다"
"술 먹을 돈은 있고"
"술 담뱃값도 힘들다"
"그래도 형수 손에 흙 안 묻히게 하는
재주는 있잖아"
"허허"

"농사짓느라 고생했습니다"
통발 이천 원짜리가
예취 날 이십 만 원을 깨어 먹은 게 좀 억울하긴 해도
미꾸라지 잡아 용돈 쓰는 사람의
입장도 있으니
모두가 내 탓인 것을
김형도 미안하겠지
(김형, 내년에 또 전화하소)
파도들이여 안녕

끝자락 가을 풍경

신부가 화장을 지우고
민낯을 보이며 웃는 시간
어쩜 저리도 고울까
손길 부족한 단감은 새들이 파먹다
남겨진 억울함에 울고
은행잎 도랑물에 떨어져
그리움 씻으며 흘러가네
누운 볏짚의 이야기 들으며
이삭 줍는 할머니의 미소
단풍도 집 가까이 걸어왔으니
가장 아름다운 색깔로 정지된 잎에
무서리 내려앉아 바람을 기다리며
뒤돌아 보는 미소
가을 햇살이 빗질하는 황혼이
어찌 저리도 고울까
끝자락이 황홀한 삶에 고개를
끄덕인다

붉은 끼의 황홀한 몸짓

온 산과 들
가을비에 젖어 몸을 씻고
시골은 죽은 듯 고요하니 모처럼
낙엽 지는 모습에 눈이 간다
삶의 전부였던 푸르른 꿈 내려 놓는 순간
저리도
황홀한 몸짓이 되는가
꾸임 없이 생긴 대로
온갖 성깔 다 부리는 붉은 끼
한 번쯤
성질부리며 살아 보라는 듯
한 번쯤
죽어도 후회 없는 사랑해 보라는 듯
속마음 밀어내는 뜨거운 몸짓
진다는 것 끝이 아닌
새로운 시작이라고
갈바람에 뒹구는 화려한 속내를
어찌 알까

배고픔의 본능

하루 네 번
앞발이 굽어 태어난 송아지
안아서 젖을 물리며 팔이 떨어져
나가는 아픔
앞다리를 펴놓고 장화 발로
지그시 밟으니 고통 속에 울부짖으며
맑은 눈에 맺힌 눈물
힘을 가하니 두둑 소리
말을 했다면 무슨 말을 했을까
욕이라도 한 바가지 했을 텐데
일어서지 못해서 배고픔의 시간을
삼키는 기다림
안고 젖을 물리니
살고자 하는 본능의 움직임
꿀꺽꿀꺽 푸푸 밤의 침묵을 깨는
희망의 소리
사흘째
기적 같은 일
버덩 거리며 앞 발톱 세우고
고통을 딛고 일어서는 순간
얼마나 감사한지
기어 다니다가 두 발로 일어섰던 때
아픔과 기쁨이 함께였을 거야
막사를 나오는 순간
하늘의 별빛이 웃는다

민들레의 꿈

밭에 거름을 뿌리다
눈에 들어온 민들레 열매
때를 기다리며 비상을 준비하는
옹골찬 모습
철 지나 핀다고 비웃었더니
보란 듯이 영글어
며칠이면 날갯짓하겠네
거름 깔기를 중단하고 돌아선다
된서리에 시들어 주저앉지 말았으면
한 줌 바람에 몸을 싣고
산어귀 양지쪽에 봄을 기다릴 수 있기를
내 삶도 끝자락 어디쯤 자유롭게 날 수 있기를

미안함의 높이만큼 쌓인 소똥

가을걷이 핑계로 매일 꺼낸 소똥
한 달 동안 톱밥만 깔았으니
소밥 주고 나오며 뒤통수가 간질거린 미안한 마음
통 실한 궁둥이에 소똥 범벅이 되었으니 난들 맘이 편했겠니
논바닥이 질벅여 밀 파종은 못하고
종일 소똥을 퍼내며 반성한다
나의 삶을 도와주는 소들
함께하는 동안이라도 편하게 먹고
자고 해 줘야는데
곱디고운 누렁이 털에 똥오줌을
깔고 눕게 한 죄를 어쩔까
눈빛으로 주고받는 느낌
소들이 좋아라 궁둥이 씰룩이며
네 다리 쭉 뻗고 누워
지긋이 눈 감고 되새김하고 있다
음악을 틀어 주면 귀를 쫑긋거리고
톱밥을 깔아주면 좋아라 뛰고
등을 긁어 주면 침을 흘리며 죽은 듯 서 있는
주인의 음성을 알아듣고
10년의 세월을 함께하면 눈치도
살피고 소 싣는 차 소리에 경계를 하는 때론 사람보다 육감이 빠른
새끼에 대한 모성이 강해 가끔 주인도 들이받는 폭군이 된다

오랜 시간 바라보아야지

찰나의 순간
툭
맥없이 떨어지는 낙엽
여윈 손 전율하며 때를 자각하네

속을 알려면
오랫동안 바라보아야지
순간 모습만으로는 깊은 진실을 모르지

모두를 내어주고
마지막 썩어 봄을 준비하는
저 의연한 몸짓

한 그루 나무가
삶의 순리를 말하고 있는데
고운 열정에 홀려 책갈피 속
네 육신 잠재움에 얼굴 붉어진다

별꽃 앞에 앉으면

봄 여름 가을 겨울
햇살 닿는 논두렁 아래
작지만 끈질긴 생명력으로
가장 낮은 곳에서
가장 높게 빛나고 있다

하늘의 별들이 밀회를 나누다
들킨 수줍음으로 피어났을까

앙증맞게도 비굴하지 않고
작지만 교만하지 않으며
겸손이 뭔지 모르면서
겸손을 생명으로 살아가네

땅에 닿을 듯
머리를 낮추어야만
볼 수 있는 별꽃

저 지독한 겸손 앞에
저 지독한 순수함에
심장이 쪼그라든다

제목 : **별꽃 앞에 앉으면**
시낭송 : **박영애**
스마트폰으로 QR 코드를 스캔하면
시낭송을 감상할 수 있습니다.

11월의 진달래

어무이 가래가 심해
중묏등 더덕 몇 뿌리 캐면서
흔적을 찾다 보니
철 늦은 진달래 피었네
이른 봄의 기온으로 착각한 속내
무서리에 어쩌려고
살다 보면 착각할 수도 있지
너나 잘해
진달래 반응에 뜨끔한 가슴
그렇지
남의 흉을 보고
남을 부러워하는 순간
자신의 정체성을 상실하는 거지
짧은 삶에
좋은 말 하며 웃고 살아도 아쉬운데
남의 삶 재단할 시간이 어딨니
참으로 할 일이 그리도 없을까
남의 영혼을 갉아먹는 순간
자신의 심장에 구멍 나는 헛헛함을
왜 모르는가
새파란 입술 조근 거림에
더덕을 캐는 척 흙을 찍고 있다

아름다운 순간의 詩

혼자만의 삶은 기억 속에 묻혀
꺼낼수록 아프지만
둘의 삶은 추억 속에 살아 있어
미소 짓게 하지
한 번뿐인 삶
아름답고 소중한 것이기에
행복하게 그려야지
큰 것이 아니잖아
작지만 뭉클한 것
빈 그릇 주섬주섬 모아
아내보다 먼저
설거지라도 해볼 일이다

사랑과 본능 사이

2달 전
밤을 깨는 울부짖음
진돗개 혈통의 피를 받으려는
기다림의 시간에
백구의 분향에
목줄을 벗고 눈이 뒤집힌
행동으로 짓밟힌 순결
억울함에 노랑이를 물어뜯어
반쯤 씹었고
종족 보존의 본능 앞에
원하지 않은 사랑의 결과물을 품고
억울해하다 6마리 새끼를 낳았다
품을 파고드는 생명의 꼬물거림
모성 앞에 똥개의 씨앗을
젖 물리며 다독이는 몸짓
헐값에 넘겨버린 정조의 야속함도
분을 삭여낸 시간 앞에 순한 눈빛이
되어 버린 백구
힘 앞에 유린된 육신을 넘어
생명의 소중함에 눈빛이
흔들리고 있다

사랑하는 딸에게

엄마가 된 순간을 축하해!
할아버지 소리는 슬퍼도
아빠의 딸로 와준 순간부터 얼마나
감사하며 살았는지
아빠 등에 업혀 잠들고
책을 읽어 주며 잠재웠던 순간
전국 각지로의 여행
공부가 재미없었던 딸
가끔 딸의 일기장을 보며 그냥 웃기도 하며
사춘기 시절 할머니 때문에
선생님의 딸에서 농부의 딸로
함께해 주었고
시인의 딸임을 은근히 좋아했던
학교를 졸업하고 직장을 가지고
시집을 가던 날
평생 아빠랑 결혼할 거란 말은 듣지
않아도 행복했던 순간
아빠에겐 항상 이쁜 초등생 같은 딸
직장 생활과 결혼 생활의 시간 속에
스스로 어른이 되어가던 모습
그냥 지켜만 보았기에
딸, 서운했지

출산 소식에 한 걸음에 달려와

건강한 모습이 얼마나 안도했는지

편한 제왕절개보다 자연분만을 택해

엄마의 고통을 느껴본다는 고운 마음

13시간의 진통 후 결국 절개를 할 수밖에 없는 상황

2018년 11월 19일

오후 2시 28분 아들 출산!

엄마가 된 순간!

정말 축하한다

자식을 키워보면 부모의 가슴도

조금씩 이해되고 참 어른이 되겠지

바다가 고요하기만 하면

어찌 멋진 항해사가 탄생될 수 있겠니

생명을 키운다는 것

울고 웃는 과정임을 잊지 말고

사랑하는 딸아!

아가의 숨소리와 네 심장이

포개지는 순간을 기억하며

고운 인연에 감사하렴

욕심내지 말고

자식은 부모를 선택할 수 없는

사랑의 결과물로 한 인격체로 성장할 수 있게 조건적 사랑보다

가슴의 사랑으로 심어주어

사람 냄새나는 사람으로 커갈 수 있게 비우고 또 비워라

딸도 아빠도 태어난 순간이 있었음을 기억하자

건강이 행복의 조건이니

너도 아들도 건강해야 한다

사랑하는 딸아!

정말 수고 많았어

이쁜 손 살포시 잡아 줄게

엄마가 된 것을 다시 한번 축하해

아빠는 항상 딸 편인 거 알지

딸아, 무지 사랑한다

*2018. 11. 19, 딸을 사랑하는 아빠가

어무이는 진정한 농부

농부보다 더 농사꾼
지난 세월 흙을 파며 정직한
땀의 결과물로 소박하게 사신 어무이
아프신 탓에 침대 누워만 계시다
TV 뉴스 보시고
쌀 직불금 폐지 소리에 화가 나시어
종일 궁싯거리신다
"큰 아야, 니 우째 살래?"
자식 걱정하신다
참 사냥꾼은 몸집이 작고
느린 짐승을 사냥하지 아니하며
옹달샘 길목에 덫을 놓지 않는 까닭은 미래를 위한 자연과 공존
농부는 굶어도 씨앗을 남기는데...
하기야
손가락 하나로 안되는 게 없고 돈으로 다되고
딸기는 냉장고서 나니 아쉬울 게 없겠지
농촌의 하늘이 까맣다

무를 뽑으며

영하의 날씨
새파랗게 질린 무를
수확하는데 생김새가 슬프다
씨 뿌린 순간 소나기에 두들겨 맞은
멍든 가슴
가뭄 속에 마른침 삼킨 설움
어무이 입원 탓에
잡초와 더불어 살았으니
무가 새 꽁지다
무야, 미안해
많이도 원망했지
땅의 달콤한 가슴을 다독이지 못했으니
곱게 뿌리박지 못한 시간
모두가 내 탓이니
이것도 장하구나
굵은 놈 땅에 묻고 주먹만 한 것들
동김치 짠지 오가리 충분하니
감사한 마음
씨앗 하나 떨어져 이렇게 기쁨 주니
결코 아픈 시간이 아니었구나

문을 열면 봄인데

꽃은 피어야 되고
사랑은 표현해야 되나 보다
7일째 6마리 새끼 다리로
감싸며 품을 벗어난 새끼 물어다 밀어 넣고
털을 고르고 배설물을 핥으며
자리를 지킨다
똥개의 씨앗이라 구겨진 자존심도 잠시뿐
발톱으로 할퀸 상처의 아픔으로
거렁이는 눈물
옷소매로 닦아주니
가슴으로 고통의 흔적을 지우는
눈동자 속에 사랑이 가득하다
문을 열지 않으면 어찌 봄을 볼까

자연의 숨소리

발가벗은 굴참나무에 기대어
성경보다 불경보다
더 깊은 이야기 듣네

네 삶이 가난할지라도
피하거나 탓하지 말라 하네

봄이 오면 시간의 빠름과 늦음의
차이가 있을 뿐 햇살은 비치니
네 삶을 사랑하라 하네

겨울 문턱에 웃고 있는 쑥부쟁이도
스스로가 이해되지 않는 사연이 있음을

눈길 밖의 존재를 보고
귀 밖의 소리를 들으며
더불어 살라 하네

못 들은 척
물푸레나무 잘라 쇠스랑 자루를
깎는 손으로 흐르는 눈물이
미안해 먼 산을 보았네

농부의 냄새

별난 놈이 수도관을 밟아
물에 비벼진 소똥
톱밥에 섞어 퍼내고 또 퍼내고
스민 냄새를 지우려 눈치를
보며 열탕 속에서 몸을 빨고 있으니
오염 덩어리가 된 느낌
농부의 몸은
흙냄새 땀 냄새 똥 냄새를 달고 사니
외출이라도 하려면
씻고 또 씻어도 지워지지 않는 흔적
농부로 산다는 게 가끔은 미안하다
꽃을 가꾸어도 향기는 간 곳 없고
땀 냄새만 나는 걸
어쩌라고
사는 게 그런 거지 뭐

양보의 깊이만큼 내 사랑

숨을 죽인다는 거
버무려진다는 거
나를 버리는 일이다
한 줌 소금에 자존을 꺾였다고
삶의 포기가 아니다
부드럽게 다시 삶을 시작하는 배추를 보라
혼자만의 도도함으론
이루어질 수 없는 관계
서로를 조금씩 이해한다는 거
사랑의 시작이고 끝이 아닐까
내 마음의 씨앗을 네 가슴에 심어
꽃피우는 일
최고의 아름다움이 아닐까
빳빳한 속살에
휙
왕소금을 뿌린다

무서리

밤새 목마른 시간을 벌컥거려도
배는 헛헛하니
삶이 싸구려가 될까 두렵다
벼 그루터기에 매달려 새벽부터 독기를 품고 있으니
푸른 삶을 밟고도 모자란 거니
적당히 하거라
햇살 한 줌이면 사라질 허무함이 아니더냐
바람이 불면 앉은 자리조차 찾을 수 없는 삶이거늘
이리도 지독하니!
겨울 가면 봄이 오는데

김치

배추의 켜켜이 숨겨진 이야기
고추의 푸른 삶이 붉게 된 속내
갓의 무서리 견뎌낸 아픔
속을 비워도 매울 수밖에 없는 파
바닷속 신비로운 띠뿌리 오물거림
멸치 속을 삭힌 슬픈 노래
다시마 파도에 휩쓸린 무서움
사과의 산골 반딧불이 반짝임
벌꿀이 전해준 꽃들의 향기
무가 전해주는 땅속 지렁이의 삶
옹달샘이 물들어야 하는 이유
항아리 속 시간의 흐름 속에
서로의 이야기에 울고 웃는 동안
서로의 가슴에 동화되어

하나 된 사랑

겨울로 가는 길목

초겨울 비는 강추위 예고
살짝 얼굴을 내민 호밀 밭 돌아보며
얼어 죽지 않을까 고인 물을 빼려
논두렁 허리를 자르니
잠긴 새싹이 푸르게 웃는다

나약한 생명이 견디기 힘든 계절
어디 사람이라 다르랴
배고프고 힘든 시간 지하도에 박스
한 장으로 뼛속 새우잠
얼음장 호흡이 정지된 물고기
찬 바람 맨살로 받아내는 나목
그렇게 견디고 있다

이들에겐 겨울비 낭만은 사치일 뿐
절박한 현실로 꿈틀거리는 애벌레
죽은 듯 봄을 기다리는 굼벵이의
침묵 앞에 얼굴이 붉어진다

라면 박스라도 들고 경로당에라도 가봐야지
생존을 위한 투쟁보다 슬픈 詩는 없으니까

농부는

윤기 흐르는 쌀밥 위에
갓 담은 김치로 감싸 입안으로
밀어 넣는 순간
햇살이 터지며 바람이 불고
물의 향기 땅의 이야기 섞여 우주가 된다

당당한 삶의 행복

백리 협곡을 걸으며
까마득한 절벽에 기대어 살아가는
나무들의 이야기
평지의 삶보다 행복하다는 고백
어려움을 모르니 행복을 못 느끼지
바위 뚫은 깊이만큼 흔들림에 의연한 삶
행복할 자유가 있다면
불행할 자유도 있다네
그럼
선택의 자유도 있는 거지
사랑한다
고백할 자유가 있다면
거절할 자유도 있음을
당당한 삶의 이유로 행복한 가슴이
절벽을 걷고 있다

백석산에 올라서

태양 산맥 떼 년들이
홀딱 벗고 달려들면
기죽을 줄 알았지
백두 대근에 힘을 주자
온몸 비틀면서 비경을 흔드니
참으로
가관이구나?

가슴에서 몸까지

만리장성을 쌓는다는 것
함께라면
시간이 멈추어도 좋겠지
물리적 공간의 거리보다
심리적 공간의 거리가 무서운 것
함께라면
시공을 초월할 수 있는 것
사마대 만리장성을 밟고 서니
가슴이 고무풍선처럼 부푼다
아!
몸으로 그리운
마음으로 그리운
그런 사람
그런 사랑

제목 : 가슴에서 몸까지
시낭송 : 박영애
스마트폰으로 QR 코드를 스캔하면
시낭송을 감상할 수 있습니다.

변기의 속삭임

오줌똥만
주세요
다른 것은 싫어요
저를 이쁘게 사랑해주신다면
본 것에 대해서
꼭
비밀을 지켜드리겠습니다

*베이징 서우두국제공항 화장실에서

욕하다 올린 기도

자연 온도에 숙성시키려고
장독대 위에 올려둔 김치통이
증발했다
찾고 또 찾고
온 집안을 뒤져도 없다
어떤 사람일까
빵꾸 똥꾸 같은 남자일까
밤새 두들긴 북 같은 여자일까
어이없는 상황에
그냥 헛웃음이 난다
간절한 기도를 한다
반찬 없는 가난한 사람이기를
정말 김치 한 통이 꼭 필요한 사람이기를
사랑하는 김치야
추운 겨울!
너로 인하여
가난이
슬픔이
녹아내리기를...

삶의 의미

완벽한 가슴이 있을까
비난 속에도 꽃은 피고
칭찬 속에도 꽃은 진다
진실의 향기가 있으니
피고 짐을 탓할까
나로 인해 행복할 수 있는
사람이 있다면...

겨울산 이야기

겨울은 견디는 거라고
오솔길 낙엽을 밟으니
바스러져 가루가 되어 날리네

겨울 햇살을 그리는
나목 끝에 움츠린 꽃눈이 울면
가슴 시린 저 켠의 시를 줍고

홀라당 벗어 모두를 보여주며
사는 건 이렇게 견디는 거라고
흔들리는 나무의 이야기 듣는다

끝닿은 잔가지
예측할 수 없는 찬바람의 침묵
시린 하늘 배시시 웃으며

힘들고 아픈 날 지나가리라고
미끄러져 일어서는 오솔길
겨울은 그렇게 속울음 삼킨다고

식구(食口)

까마득하게 잊혀가고 있는
오물거림을 함께하는 시간

추위에 울고 있는 새벽
그리움 한 잔 속에
따스한 사랑 한 술 저어
둘레판 위에 소박한 식사를 준비하는
시간이기를

양지쪽 해맑은 웃음이 모이듯
식구들 모여 앉아
고슬한 밥숟갈에 쭉 찢은 김치를
걸쳐주는 정을 느끼고 싶은 날

아침 식사를 함께 나누며
서로의 존재를 확인하고 싶은 食口

허리 꺾인 12월
다 가기 전에
한 번이라도 온 가족 마주하며
서로의 온기를 나눌 수 있기를

제목 : 식구(食口)
시낭송 : 박영애
스마트폰으로 QR 코드를 스캔하면
시낭송을 감상할 수 있습니다.

버리면 내가 보인다

얼었던 밤공기가
참새 소리에 깨어질 때
말없이 벼알 한 줌 라일락 나무 아래
놓고 돌아서면
새까맣게 앉았던 무리들
일제히 내려앉아 낱알을 물고
힘찬 날갯짓을 한다
미운 놈의 새끼
가을 들녘을 헤집는 순간을 생각하면
찍찍이로 잡아 볶아 먹고 싶지만 ...
우린
홀로인 듯하지만
보이지 않는 마음들이 함께함으로
외롭지 않은 숲
웃을 때 같이 웃어 주는 순간보다
울 때 함께 울어 주는 순간이 더
아름답다는 것이
비우니
버리니
내려놓으니 보이더라

외손주 유준이

그냥
보고만 있어도 마음이 맑아진다
그냥
보고만 있어도 웃음이 난다
사랑의 씨앗으로 핀 안방의 꽃
지상에서 가장 순수한 영혼
꼼지락꼼지락 배냇짓
무릎 살포시 쭉쭉
까만 눈 얼마나 깊은지
빠지면 못 나올 것 같은
찡 거리며 발갛게 물든 얼굴로
기지개 켜는 앙증스러운 몸짓
실룩실룩 으앙 흐르는 눈물
젖병을 물린다
꼴깍꼴깍 힘껏 빤다
포도 독 폭폭
똥색도 노란 꽃이구나
기저귀를 간다
방글방글 웃는다
"아빠, 나보다 잘하네"
"허허, 그럼 아빠는 똥치는 박사지"
"ㅋㅋ 왜"

"딸 똥 할머니 똥 얼마나 쳤는데"
"아빠..."
산다는 것 사랑이다
(너도 이럴 때 있었어)
외손주를 번쩍 들어 올리며
우리 유준이
잘 먹고 잘 자고 잘 싸거라
(딸, 고맙다 사랑해)

눈물의 언어

음식 맛의 즐거움도 잊고
비위관으로 영양을 밀어 넣는 삶
한 끼의 식사마저 스스로 해결할 수 없는 아픔
한 달 넘게 사용한 관을 갈아 끼우며
눈물 거렁이시는 어무이
들리지 않는 울음
알아주지 않는 눈물
손을 꼭 잡으니 떨리는 느낌으로
전해지는 가슴
아프고 슬플 때
누군가 옆에 있어 줄 것이라는 믿음
그것만으로도 커다란 삶의 위안이 아닐까?

아름다운 삶의 방식

작답 밭 비닐을 정리하다
온몸 고슴도치가 되었네
건드려 주기를 바란 기다림의 시간
저린 발 털며 버틴 속내
생존을 위한 몸부림을
인정하지 아니하고 욕을 퍼부었으니
삶의 방식이 다를 뿐
모두가 다른 삶의 기준이니
모두가 아름다운 것을
도깨비바늘아, 미안해
어떤 이유로도 존중되어야 할
삶의 방식을 두고 욕했으니
어쩜 좋으니!

함부로 씨부리지 마라

민들레 씨앗
꿈을 싣고 날아오릅니다
민들레 홀씨라고 詩를 씁니다
확인되지 않는 거짓이
진실이 되어 퍼집니다
민들레 씨앗이 중얼거립니다
("개좆도 모르면서...")

나에게 쓰는 편지

찬 바람에 흔들리는 빈 둥지
한때 재잘거린 행복의 껍질
필요한 만큼만 기대고
필요한 만큼만 살았던 소박한 둥지
분수 밖의 바람을 벗어난
불필요한 것에 대한 자유
항상 따스한 가슴을 심어주는 자연

추운 겨울이다
가난한 자들이 견디기 힘든 시간
따스한 말 한마디로
따스한 눈길로
낮은 세상을 바라보며
작은 나눔으로 피어나는 꽃이기를...

눈송이처럼

어둠을 뚫은 눈발
얼굴에 부딪혀 눈물인 양
흘러내리고

밤새 늙음을 외면한
당신의 독기 오른 가슴으로 뿜어낸
넋두리가 허공을 후려칩니다

어린 시절 검정 고무신 자국 남기며
간월재 넘었던 당당한 모습은
추억 속 빛바랜 사진일 뿐

퍽퍽 떨어져 쌓여가는
소똥처럼
당신의 가슴은 무겁고
물컹이다 굳어져 갑니다

눈송이 스침으로
치를 떠는 라일락 꽃눈처럼
당신의 가슴에도 첫눈 내린
그리움 한 송이 피었으면 좋겠습니다

몸은 마음의 그림자거니
당신의 가슴이 연분홍이면
참 좋겠습니다

태어난 순간 모든 생명의 예정된
길이 저 눈송이처럼 가벼웠으면
좋겠습니다

호밀 싹의 미소

검정 고무신 비벼 저
호롱불에 꿰맨 나일론 양말을
뚫은 언 발가락처럼
흙덩이를 밀어내는 여린 싹
씨앗을 품은 흙
찢어지는 고통의 소리
좋은 일이든 언짢은 일이든
모두가 삶이라고
모두가 아름다운 향기가 있다고
삶은 울고 웃는 거라고
그래야
맑고 향기로운 삶이 된다고
움트는 순간까지 어둠을 넘어야
꽃을 피우는 거라고
그것이
삶의 매력이라고
밋밋한 삶이 무슨 재미가
있냐고
배시시 웃는다

황홀한 노을이었으면

송아지 젖은 먹여야 되고
병원 교대 시간은 가까워지고
엑셀에 힘을 주니
붉게 물든 노을 위에 어무이 미소가 번지네
한 생이 살아오며
그릇 밖의 욕심으로 미움과 증오를
만들었던 순간
사랑 속에 고통은 자라듯
어무이 가슴에도 아픔의 껍질은 남아있겠지
깨닫지 못함의 연속은 공허함뿐
순간순간의 소중함을 잊고
마지못한 행위로 무의란 시간을
갉아먹지 말라 하네
새롭게 피어나는 꽃처럼
항상 상큼함으로 살다 보면
서산에 닿는 순간 후회는 없겠지
당신을 위한 삶보다 자식들의 삶이
먼저였기에 사랑 속에 핀 통증의
꽃은 황홀하기만 한데……
병실 문을 열자
"큰 아가, 빨리 집에 가자
마신는거 무꾸로"
맛을 잃어버린 시간아, 이건 아니잖아

어무이 마음

병실
간이침대에서 졸다가
화들짝 어무이 얼굴을 본다
덮고 계신 이불을
링거 꽂은 손으로 조금씩
당겨 이불과 함께 툭 떨어지는
"춥제, 더퍼라"

바람처럼 살고 싶다 2

밤새 미친 듯 불어온 바람
냄비며 장독 뚜껑 짚 비닐 온갖
잡동사니를 비벼놓고
아끼던 화분은 사금파리 되어 울고 있네
너무 많은 것을 가졌나 보다
없어도 살아감에 불편함이 없는 것
갖지 않아도 되는 것들에 집착하며
헛된 시간의 함정 속에 갇힌 삶
가난이 넘치고 있는 아픈 이들의
가슴 시린 겨울
쓰지 않고 묵혀두는 것도 죄악이니
헌옷가지라도 정리하여 밥값이라도 해야지
책장에 꽂힌 수백 권의 책
한 권도 내 것으로 만들지 못한
소유함으로 헛멋만 가득한 부끄러운
가슴아
봄바람 지나면 꽃피지 않더냐!

이놈의 주둥아리

사료 40포를
밤새 짓밟아 오줌똥으로 비벼놓고
먼 산 보고 있는 6개월 된 송아지
며칠 전
밥통에 오줌을 쌌다고
"더러운 놈의 새끼야 너는 밥그릇에
오줌을 싸니"
욕을 끼리 부었더니
앙갚음을 하네
말은 메아리라 했던가
송아지가 무슨 죄
오줌 한 번 쌌을 뿐인데
결국 이렇게 돌아오는구나
모든 악의 축은 말에서 비롯되니
어쩜 불행의 씨앗인지도
송아지야, 미안해
모두가 내 탓인 것을
한나절 사료를 주워 담으며
묵언 수행을 하는데
송아지는 꼬신 듯 지켜본다
또 욕 나올라한다
이놈의 주둥아리 좀 보게

사료 바가지로 때린다

아프다

씨 詩,

저년의 조동아리는 어떻고

보지도 않은 것을 본 것처럼

듣지도 않은 것을 들은 것처럼

굴리고 굴려봐야 한 줌 햇살에

녹아내릴 것을

무심코 던진 돌팔매에 죽은 딱따구리 부리가 벌겋다

그림자의 진실

6마리 강아지
고기 조각이라도 들고 가면
발길에 밟힐 듯 뒤뚱이며 달려드는
감당이 안 되는 순간
빤히 쳐다보는 맑은 눈에 비친
내면의 그림자가 찌질하게도
이기적인 대가리를 쳐들고 삿대질이다
비교하지 않는 삶
보여짐에 익숙한, 척하는 삶
내면의 자신을 차별 없이 사랑했냐고
모자람을 인정하지 아니하고
완벽한 척 오만함에 치를 떨며
아파했던 순간들
왜 그랬을까
아깝고 소중한 시간들을 잊은 채
내면과의 화해하지 못한 비굴함
맞지 않으면 멀어지면 그만인 것을
고기 한 점 앞에 두고 물고 뜯는
강아지 눈의 독기가 우습다

행복한 협박

91병동 침상 식판이 펴지고
어머니, 비위관을 빼고 사흘째
흰죽 한 공기를 가볍게 하시니
가슴에 그려지는 한 송이 꽃이 싱그럽다
알약 18개를 천천히 나누어 드시게 하고는
"어무이, 기저귀 사 올게요"
"빨리 오너래이, 안 그러면 호작질 할꺼데이"
순간 터지는 웃음을 참으며
어무이 얼굴을 뵈니 실 웃음을 웃고 계신다
눈동자가 마주친 순간
터진 웃음으로 눈물까지 거렁였으니
여든여섯을 넘어선 계산법에
자꾸만 웃음이 난다

*호작질 : 링거줄 빼기, 비위관 빼기, 이불 말아 떨어뜨리기 등

슬픔은 흐르게 두자

중환자실 문이 열리고
은빛관을 에워싼 밤의 기다림
뒤따르는 가족의 어깨가 들썩이고
바닥에 퍼질러 바닥을 두들기는 남겨진 사랑 하나

삶은 만남과 이별의 고리
이별의 종류도 별처럼 많으니
사랑하는 사람과 미래의 꿈과
어린 시절 옅어가는 추억과 젊음과
인연이 다한 모든 것들의 이별
뒤에 치솟는 감정은
흐르지 못하여 멍이 되니

나오는 눈물을 틀어막는 일은 가슴에 옹이 되어 죽어 가는 일
아픔에 눌려 압사하지 말고
나도 슬프다고
나도 힘들다고 펑펑 쏟아라 하네

슬퍼서 흐르는 눈물은 오히려
꽃이거니
피고 시들어 가는 숨김없는 감정을 보라
그 어쩔 수 없는 슬픔은 강물처럼
아름답게 흘러야 한다고
동백꽃도 뭉툭뭉툭 울고 있다

에미가 된다는 것

새끼 젖 빨리는 백구를 위해
돼지고기 삶아 밥그릇에 놓아도
침 흘리며 먼 산 바라보고 꼼짝도 않는다
새끼들이 달려들어 먹는 것을
지켜보는 모습에 가슴이 뜨겁게
달아오른다
백구의 본능을 억제하는
그 무엇?
뭘까
머리일까
가슴일까
새끼들이 먹고 남은 뼈다귀
슬그머니 당겨 와작 깨물어
밥그릇에 뱉어 놓고는
침을 질질 흘리며 다시 먼 산을 보고 있다

짐승을 우찌 갈구노

소 울음에 놀라 잠을 깨
막사 들어서니
젖 뗀 암송아지 2 마리 부아가 났는지
서로 싸우다가 가두리 넘으려고 배를 걸치고 버둥거리기에
머리 잡고 밀었더니 푸푸 거리며 날뛴다
죽통에 똥오줌 싸서 밟고 섰길래
소새끼야, 소리 지르며 통을 꺼내는
순간 정신이 아득하다
이마에서 타고 내리는 피비린내
쇠파이프에 부딪혀 찢어진 흔적이
조폭 두목은 저리 가라네
돌머리라 어찌나 다행인지
욕 한 번 더했으면 머리 떨어질 뻔
소가 소를 키워야지
사람이 소 키우려니 속이 문드러질 수밖에
작물 키우는 무작정 사랑
동물 키우는 상호 감정의 흐름
키운다는 것 시를 짓는 과정인데
소새끼야, 욕하다 벌 받은 거지
꼬시다, 음매 웃고 있는 소새끼야

천 년의 사랑

그냥 흐르는 것이라 생각했지
겁의 시간이 낳은 호박소
태초부터 깎아낸 보이지 않는
손길에 녹아내린 너럭바위의
푹 패인 가슴
안으로 야금야금 깊은 끈질긴 사랑
욕심을 버리고 필요한 만큼만
서로에게 깎이며 살아온 흔적
나로 살기 위해
있는 그대로 살기 위해
차가운 시선을 견뎌온 세월
어찌
물이라고 목마름이 없었을까
어찌
바위라고 아픔이 없었을까
시나브로 깎고 깎인 마음이
사랑길 되어 흐르는데
바람에 떨어진 낙엽이
얼어 버린 냉가슴을 꼬셔
제지리를 하고 있다

*제지리 : '저지르다'의 방언

찌꺼기의 진실

가장 정직한 언어로
먹은 대로 향기를 품고
똥꼬에서 피어나는 꽃

괄약근의 경계를 벗어난 순간
사람에서 똥으로 불리었으니
버려진 꽃이라고 밟지 마라

잠결에 들리는 향기
"큰 아야, 똥 쌌다, 우야꼬"
들락날락 쭈르륵 기저귀에 피어난
눈물로 얼룩진 꽃

피운다 피운다
꽃피운다
애기도 처녀도 할머니도
거짓 없는 꽃을 피운다

더럽다
냄새난다
고개는 왜 돌려
저 S라인도
피우지 않으면 죽음이니
얼마나 아름다운 꽃이냐!

봄의 유혹

비위관으로 살아오신 어무이
새벽녘 목마름을 붙잡고
병아리 눈물에서 숟갈로 컵으로
이어진 목숨줄 이어가는 연습
1년의 시간 맛을 잃어버린 삶
미음에서 죽으로 일주일
죽은 싫다시며 게거품처럼 보글거리신다
양지쪽 푸른 잎으로 견디고 있는
달래 한 줌 찍어 조선간장 위에
종종 띄워 콩나물 삶아 포슬 한 밥에
비벼 어머니 곁에서 봄을 씹으니
"큰 아야, 뭐 묵노"
"달랭이 밥 비벼 먹지요"
"나도 좀 도고"
한 입 가득 씹으시며
"아따, 왜 이리 마싯노"
빙그레 실 웃음을 지으신다
"치븐데 이기 어딨더노, 참 마싯데이"
어머니 한 입
나 한 입
합죽합죽 마주 보고 웃는다
봄을 씹는 어무이 뱃속에 달래
냉이 쑥이 자라면
앞산 진달래도 만발하겠지
그렇게 봄이 오겠지

상처도 꽃인데

알 수 없는 꽃들이
각자의 향기로
각자의 색깔로
울고 웃는다

꽃잎을 갉으니
농약 치고
전자파를 쏘고
꿀벌은
졸도를 한다

상처, 좀 있으면 어때서
아픔, 좀 있으면 어때서
부딪히고 살면 되지
보듬고 살면 되지

양지쪽 봄까치꽃에
벌 한 마리 앉았네
어찌나 반가운지

저
작은 몸짓이 행복해야
우리도
살아갈 수 있거늘

제목 : 상처도 꽃인데
시낭송 : 박영애
스마트폰으로 QR 코드를 스캔하면
시낭송을 감상할 수 있습니다.

빙어 가슴이면 좋겠다

입을 꾹 다물고 계신다
입맛이 없으신가?
어무이, 소고기!
입이 쩍 벌어지며 잘도 드신다
마음을 읽는다는 거
참 어렵다
몰라 준다 시위는 왜 하시노
말씀 좀 하시지
괴기 먹고 싶다고

*괴기 : 고기의 사투리

자식이 된다는 것

죄 없는 깡통을 찼다
죄 없는 구두코가 상처를 입고 인상을 쓴다
아침밥 드시면서 미역쌈에 돌 넣다고
억보소리하시는 어무이처럼 심통을 부린 탓
괜스레 신발에게 미안해
광내고 깔창을 바꾸어도
상처는 남았네
개똥 소똥 밟으며 감싸준 고마움
모르고 기분대로 발길질이라니
달라뺄 것도 같은데
묵묵하게
발을 꼭 감싸고 있다

＊달라뺄 : '달아나다'의 방언

초월한 사랑

똥개와 진돗개가
정분이 났습니다

좋은 씨를 원했던 주인
억장이 무너집니다

6마리 새끼가 태어나고
똥개 아빠는 제 밥그릇 내어주고
핥아 주기까지 합니다

어미 진돗개
그 모습
가만히 지켜보고 있습니다

좋은 씨가 뭐길래
너무
부끄럽습니다

사랑을 볼 수 있다면...

원앙처럼 붙어 있다가도
서로에게 지치면 작은 것에도 짜증이
올라오는 까닭은
좋은 점만 바라보다 가까워질수록
나쁜 점들이 풀씨처럼 싹터 올라
바람이 많아질수록 상처를 내기 때문
꽃은 혼자서 피우는 게 아니니
순간 울컥함으로 참을 수 없을 만큼
울고 싶어도 나를 위해 마지막 말은 남겨두어야지
움직임 없이 천장만 쳐다보며
먹고 싸는 것마저 안되니 짜증도 나고
밥맛이 있겠냐마는
누룽지 고소함을 물고 뽀골뽀골 뱉어 내는
어무이 마음을 헤집어 빨간 고깃 배를 가른다
죽기 전 먹었던 소화 안된 새우의
눈과 마주치자 칼끝의 움찔거림도
잠시 형체를 알 수 없는 썩은 찌꺼기들이
비릿한 내음과 함께 쏟아진다
깨끗하게 목욕을 시키고 왕소금
칙 뿌리고는 간이 배길 기다리는
순간에 배고프다 성화를 부리는

천둥 같은 저음이 마음을 졸인다
눈 감고 사랑을 확인한다
눈뜨면 없는데 보려고 몸부림친다
느낌이 없다면 사랑받고픈 욕망일 뿐인데
노릇이 구워진 빨간 고기의 눈을
빼 어무이 입속에 넣으니
혀에서 시작되는 오감의 신경들이
얼굴로 번져 야릇한 미소를 만들고 있다

가슴에 핀 꽃

작은 씨앗 가슴에 떨어져
시들지 않는 꽃으로 피었다

가꾼 만큼 짙어지는 향기에
한 생을 빠뜨리고

한 송이 피어 있을 뿐인데
뜨겁게 뜨겁게 삶을 달구는지

함께하지 않아도 느낌만으로
타오르는 그런 사랑 하나

가난 속의 선택

아부지,
국일 광산 옥 캐러 가시고
술 조금 드신 날은 라면땅을
꼭 한 봉지만 사 오셨다

막내만 생각하시는
아부지가 야속한지 막내 위 여동생은
똥파리 질투하듯 앵앵 침만 삼켰다

그땐 몰랐다
막둥이는 아부지와 함께하는 시간이
가장 짧다는 것을

제목 : 가난 속의 선택
시낭송 : 박영애

스마트폰으로 QR 코드를 스캔하면
시낭송을 감상할 수 있습니다.

똥개 씨앗보다 못한 놈

똥개와 정분난 진돗개가
낳은 강아지
눈 감겨 품에 안고
먼 이웃에 분양했다

에미는 밥도 안 먹고
밤새 끙끙거리며 큰 길만
바라본다

아침에 나가보니
온몸에 도깨비바늘 붙은
새끼를 핥아 주며
입맞춤 세례까지

다가서자
놀란 강아지
콤바인 밑으로
숨어 버린다

머릿속 오만과 편견은
가슴에 눈물로 녹아 흐르고
어미를 쓰다듬으며
(미안해 정말 미안해)

틈

다보탑 석가탑
만리장성 언양읍성

수천 년 비바람에
끄떡없이 앉아있다

메우고 채웠으면
폭삭했을 텐데

나락도
틈이 없어 쓰러지고
사람도
틈이 없어 수염을 당기지

보도블록 틈
민들레 뿌리박아
웃는 것 좀 보게

아름다운 삶의 모습

새벽 4시 30분
찬바람 어둠을 얼리고

산처럼 쌓은 의료폐기물을
손수레에 싣고 걷는다

표나지 않게 밀면서 따라가니
집하장에 멈춰 목례를 한다

누구에게는 전부인 사람
(똥기저귀 하나라도 꽁꽁 싸매
버려야지)

간절한 그리움

아부지 언양 장날
소 팔고 콩 팔아 팔 과부 집에
일주일을 니나노 장단 치시고
독기 오른 어무이
온 동네 떠나갈 듯 고래고래
생방송하시며 아궁이 불 때던
물구리 움켜쥐고
죄 없는 아이들을 쥐 잡듯 잡았다
차라리
억울했던 그 순간이었으면

*물구리 : 생나무 가지

봄까치꽃의 속삭임

깊은 잠에 빠진 봄의
콧잔등을 간지럽히는
봄까치꽃

2월의 눈송이에 놀라
절구공이 짓눌린 가슴으로
납작 엎드려 떨고 있다

얼마나 놀랐을까
철없이 봄을 들고 있다가
접질려진 상처

가장 낮은 곳에서
모두를 귀하게 여기며
살았을 뿐인데

여자는 언제나 꽃

91병동
골반뼈 깨어져 20일째
입원 중이신 할머니
설날이라 면회 온
아들 둘 딸 하나 손녀 하나
한 시간째 입씨름 듣고 있자니
머리가 깨어질 듯 아프다
머리 감기는 게 힘들다고
이발기로 밀어 버리자는 설득
죽어도 안된다는 할머니
손녀까지 가세해도 고집은 꺾이지 않는다
(왜 모를까
여자의 마음은 백수白壽가 되어도
이뻐 보이고 싶은 꽃이거늘)
한 마디 하고픈 말을 꿀꺽 삼키며
귓속말로
어무이, 빡빡이 할까
말없이 고개를 흔드신다

배내골에 봄이 오면

이 골 저 골 얼음 깨지는 소리
메아리치고
참꽃나무 생강나무 봉오리 총구 불 뿜듯
앞 뒷산 벌겋게 덮으면
아부지 조선낫으로 내리친 물구리
꽃짐 버겁게 지고 비탈길 밟으셨다
짚신 옆구리 터진 사이로 삐져나온
발가락도 꽃이 되고
자식들 나뭇짐 헤치며 참꽃을
염소 풀 뜯듯 입술 파랗게 주린 배 채울 때
등줄기 흐르는 땀
한 바가지 냉수로 식히며 아이들을 지켜보신다
어머닌 구덩이에 씨감자 서너 개
꺼내 눈을 도려낸 조각으로 감자밥을 지으시고
밥 익는 냄새에 들썩이는 무쇠솥만
바라보는 이이들
아버지 헛기침 소리에 둘레판에
숟가락 빨며 기다린다
어머니 아버지 누나 나 남동생
여동생... 순으로
밥 푸는 숟가락 움직임이 느렸고
물은 더 많이 마셨다

미안함이라는 것

이틀째
설사를 하신다
침대 시트를 몇 번씩 갈아도 감당이 안 된다
삼 일째
조금씩 잦아든다
좌우로 몸을 굴리며 시트와
옷을 갈아입혔더니
"똥, 다쳤나"
"네, 어무이"
"참, 씨발랑거 사나 똥이나 치게 만들고..."
눈을 꾹 감으신다

*사나 : 사나이

용서해주십시오

욕을 말박줄박 들었습니다
자식 때문에 욕먹은 적 없는데
강아지 3마리
나란히 논둑을 걸으며 보리밭에
뒹굴고 놀다가
이웃 할머니 양파밭 비닐을 찢고
구멍 파 두꺼비집 놀이했는지
쑥대밭으로 만들었습니다
"개새끼 우얄라 카노
어디다 버리든지 내명에 못살겠다
말라고 개새끼는 키우고 지랄이고
한 번만 더 그라믄 몽디로 패 죽일 끼다"
할매, 잘못했습니다
싹싹 빌었습니다
(강아지는 놀았을 뿐인데)
패악 소리에 놀란 강아지들
보리밭으로 도망가서 멍멍 짖어 댑니다

만들어지기까지

아침에 뉴스 보며
쌀밥에 김치 두부 생선구이 사과
점심은 음악 들으며
삼겹살 파 겉절이 백김치 고사리
시금치나물 쌈배추 된장찌개로
배불리 먹었습니다
양지쪽에 앉아 강아지와 놀면서 생각하니
결국 농부의 땀과 정성
과일과 채소의 일생을 먹고도
아무 느낌 없는 멋대가리 없는 놈
참으로 무식한 놈
평생 자식 위해 밥해준 어무이 가슴을
꿀꺽하고 감사함을 모르는 놈
오늘따라 지독하게 맑은
파란 하늘이 무섭습니다

살아가는 이유

봄까치꽃이 2월의 바람을 힘들게
견디고 있다

땅에 뿌리박고 하늘 이고 사는
일이 호락하지 않음은 냉정한 현실에
초라하지 않고 냉정한 누구처럼 살고
싶지 않기 때문

남보다 잘 살기 위해 부끄러운 감정을 외면하고
신호등의 규칙에 불안했던 치열한 삶의 순간

버팅기며 살다 보면 뿌리가
눈물겹게 고맙고
바람이 얄밉게도 고마운 것은
열심히 살았다는 의미다

LP판에 꾸불텅 흐르는 노래의
정겨움을 MP3가 어찌 알까
돌고 도는 삶의 아름다움을

간사한 인간의 마음

어무이,
토하시고
식은땀이 나고
열꽃이 피어 찬 수건으로
몸을 닦아내며 얼음찜질하다 보니
날이 밝았습니다
오늘 퇴원은 물 건너 가나 봅니다
목이 탑니다
침대 옆 쪼그리고 물을 삼킵니다
죄스러워 조금만 마셨는데
명치끝에 걸렸습니다

당신의 미소

매실밭 정리하는데
꽃을 좋아하시는 당신 얼굴이 자꾸만 아롱거립니다

병실에서 계절의 느낌조차 잊고
누워만 계시니

이렇게 흔한 봄까치꽃 별꽃 광대나물꽃마저 볼 수 없습니다

매화나무 가지 하나 꺾어
손에 쥐여 드리니
한참을 보고 미소를 짓습니다

병실이 환해졌습니다

똥떡

아부지 술 드신 날은 한 겨울
짚동 굼기에 잠든다
미웠다
오늘도 술에 취해 가족들은 죄 없이
꿇어앉아 콩태동 낭태동 취정을
듣다 아부지가 싫다고 했다
버르장머리 없는 놈이라고 뺨을 맞았다
도망을 쳤다
집을 몇 바퀴 돌다가 무서워 헛간으로 숨었다
잡으러 오시던 아부지 정낭에 빠져
허우적거리는 틈에 빠져나와
또 짚동 굼기에 잠들었다
무섭기도 하고 얼마나 고소했는지
그날 아침
아부지, 정낭 앞에서 똥떡을 드셨다
(아부지도 귀신은 무서운가 보지)
나도 똥떡을 배불리 먹으며
(아부지 술 드시면 또 헛간으로 숨어야지)

*정낭 : 재래식 화장실

버려진 농부의 詩

밤을 하얗게 보내고 허기진 배를 채운다

손님 먹다 남은 밥알과 반찬들이 너즐부러진 식탁을
한곳에 끌어 부어 버린다

밥알 속에 농부의 하루가 있고
김치 속에는 태풍이 들어 있고
콩알에는 바람과 햇살이 들어 있고
생선 가슴에는 어부의 풍랑이 있거늘
돈으로 환산될 수 없는 농부와 어부의 사랑이 짓밟히는 순간이다

누구에게는 소중한 한 끼 식사가 되고도 남은 음식
문화라는 이름으로 젓가락도 안 댄 채 버려진다

밥알 속에 들어 있는 농부의 사랑
밤새 양수기로 끌어올린 물의 詩가
찌꺼기가 되어 울고 있다

사랑

만질 수도 볼 수도 맛볼 수도 없는
무형의 단어

우리는 동화 같은 사랑을 꿈꾸지만
현실의 사랑은 그리 호락하지 않습니다

사랑은 손바닥과 손등처럼
울게 하는 것도 웃게 하는 것도
확인할 수 없기 때문인지도 모릅니다

꺾으면 시들고 그대로 두면 소유할 수 없는 갈등
꺾지 않고 소유할 수 있는 그 길은
나를 버리는 일인지도
아니
억지로가 아닌 저절로 솟아나는
마음의 흐름에 충실하는
봄기운에 땅을 뚫는 새싹 같은 것인지도 모릅니다

똥오줌에 질척이는 소 막사 바닥을
뽀송한 톱밥으로 깔아 줍니다
소들이 덩실덩실 춤을 춥니다

당신은 내 가슴에 항상 봄입니다

내 삶의 모두 일지라도
손해라는 감정이 없는 당신
스멀스멀 봄기운이 올라오듯
괜스레 가슴이 아리아리합니다

저만치 봄이 서 있습니다
당신을 기다리는 호미는 녹슬고
감나무밭 냉이는 길가는 사람에게
보쌈을 당합니다

작은 풀꽃을 사랑하고
사소한 것들에 가슴을 열고
지나간 순간의 추억에 웃을 줄 아는
당신의 따스함이 봄으로 서 있는데

당신으로 시작된 인연의 끈이
설령 미완의 詩로 끝날지라도
숨 쉬는 동안 꽃으로 피어 있을 당신이 계시기에 항상 봄입니다

나생이의 꿈

미안하고 또 미안한 마음
겨우내 자줏빛으로 언 발 녹이며
봄보다 먼저 푸른 속내를 드러낸
나생이 이파리

호미를 들고 찍으려다
캐도 되겠니?
부챗살 미소로 웃는다
고마워
손끝이 떨린다
괜찮아 괜찮아 캐버린다

하얀 발을 씻고 끓는 된장 물에서
더 푸른 봄을 피우니
흙내음 버무려진 수직의 가는 뿌리에서 삶의 질곡을 이겨낸
이야기가 풀어지고

구수한 향기에 입맛을 다시는 어무이
뱃속에 봄을 심는다
4월의 연록에 그리움 삼킬 때쯤
나생이꽃 하얗게 피어나겠지

제목 : 나생이의 꿈
시낭송 : 박영애
스마트폰으로 QR 코드를 스캔하면
시낭송을 감상할 수 있습니다.

개 짖는 소리

햇살 아래 개들이 네 발을 쭉 뻗어 세상 근심 없는 모습
울고 싶은 순간도 없나 보다
기껏 한다는 게 길가는 낯선 사람을
향해 짖어 대다 욕이나 먹고
밥그릇이나 핥는 게 고작이지만
멀리서 들리는 주인의 차 소리 발걸음 소리를 기억하고
침묵을 지키는 본능의 파장이 밥값을 하는 거라고
밤새 집 주위를 경계한 고달픔으로
잠깐 졸고 있는데 개 팔자 상팔자라
덤터기를 씌운다
목줄 길이만큼이 사랑의 한계이고
목줄 길이만큼이 삶의 반경이니
자유를 향한 소리를 지른다
개라고 어찌 아픔이 없겠는가
왜일까
사람의 여집합 앞에는 꼭 개를 붙이는지 소도 말도 토끼도 있는데
개 자제분이라 욕한다

피고 지는 순리

매화나무 둥글게 거름 뿌려도
눈까딱 않고 향기 흘리며
구린 냄새 죽이는 의연함

부재의 아픔을 과거 시제로 말하기
싫어 자꾸만 말을 걸어도

짧게 핀 꽃잎이 2월의 마지막 날처럼 툭 떨어져도

나무는 웃기만 하네
가고 오는 것이 자연의 법칙이라고

매화야,
진다고 서러워 마라 하네
사랑과 이별은 본래 한 몸이라고

봄은 그냥 오지 않네

마음으로 안으면 좋겠는데
봄의 머리가 가슴을 찔러도
선택의 여지가 없는 순간
봄기운 땅을 깨우니 보리는 푸른
기운을 빨아올리고
개구리 콧잔등 벌게진 지친 몸을
살포기 공기압으로 튀어나온 비료
알갱이에 맞아 반죽음되어 기어간다

봄으로 가는 길이 따습지만 않네
찬 바람 비비며 피어나는 꽃
땅을 뚫는 연두 손가락
겨울잠 깨어나는 벌레며 미꾸라지
온몸으로 살고 있음에
어둠이 내리고
비단개구리 꾸웅꾸웅 사랑을 부르니
봄은 사랑을 위한 몸부림
어찌 아픔이 없을까

매운탕에 젖은 가슴

종일 호밀밭 비료 치며
매화도 만나고 광대나물 냉이꽃
봄까치꽃과 눈 맞추니
어깨는 무너질 듯 아파도 봄에 취해
콧노래 절로 난다
어무이, 매운탕 드시고 싶다고 했으니
마음이 바쁘다
햇살이 사선을 그을 때쯤
중태기 북지 미꾸라지 잡아 무 뻣어
푹 끓인 매운탕 잘도 드시네
손이 얼어 빠지도록 잡았어도
입맛 찾으시니 웃음이 난다
제비 새끼처럼 받아 드시니
"아이고, 내 새끼 잘 먹네"
"뭐라캤노, 말하는 꼬라지 바라
내가 니 새끼가"
"하하, 맞네 우리 어무이구나"
밥 반 공기 뚝딱 얼마나 고마운지요
자꾸만 웃음이 납니다

첫사랑

찔레 싹을 보니 속절없는 눈물

언양장 가신 엄마 기다리며 찔레
한 움큼 꺾어 배고픔 지우고
어둠 속 지친 가슴 안아 주시던
아련한 젖 내음

찔레꽃 필 때면 야릇한 향기로
처녀 살내음 상상하며 난생처음
몸의 떨림으로 토해낸 짜릿함
달아오른 얼굴 뒤란에 숨겼다

첫 여인 찔레꽃
동정을 앗아간 슬픈 향기
봄만 되면 열병을 앓는다

흙에다 쓰는 詩

포슬 한 흙에다 상추 씨앗으로 詩를 쓴다
알싸한 시어
적당한 행갈이
호미로 여백을 만든다
가장 진실한 가슴으로 물을 만난
벼이삭의 춤사위
메마른 비탈에 꼿꼿한 자존으로 쓴
보리 이삭의 까칠함
적당한 사랑을 품고 마늘 고추 무
배추 파 수박 토마토 오이...
개성을 존중한 차별 없는 詩를 쏟아 낸다
바람 햇살 등에 업고
함께 살아오면서 단 한 번 미워하지 않았던 흙의 가슴
매일 안아도 새로운 사랑이 솟는다
죽으면 돌아갈 고향
배내천 흐르는 양지바른 언덕에 묻혔어도
붉은 한 송이 나리꽃으로 피어나 詩를 쓰리니
죽지 않는 흙이 쓴 詩를 읽고 미소로 답해준다면
농부의 삶 결코 헛되지 않으리!

봄과 놀다가

개울 양지쪽에서 봄을 노래하는
첫 민들레야
해맑은 얼굴이 어찌 이리 고우니
봄의 미소가 꽃인 줄 이제야 알았으니 참 헛살은 거지
까닭 없는 눈물이 솟는다
쑥은 보송보송 쨈쨈거리고
냉이는 동그란 파문을 그리고
달래는 초록의 춤을 추고
개불알꽃 광대나물꽃 덩달아 웃고
함께 젖어 봄의 이야기를 듣느라
쑥 캐는 순간도 잊었네

산 그리메 놀라 달음박질한다

스승의 푸른 향기

스승의 길 서른여섯 해
어떤 종교보다 더 깊은 가르침으로
외길을 걸어온 삶에 숙연해집니다

가난의 굴레 속에
배움에 굶주린 암울했던 순간
길 잃은 제자들을 때론 형으로
때론 아버지의 사랑으로 버무려 오신 길

사내보다 더 멋진 교장의 길을
걷고 싶었던 가르침의 열정 속에
경의敬義의 이념 녹아
제자들의 가슴으로 흘렀습니다

힘든 만큼 아름다운 길
발자국마다 찍힌 스승님의
흔적은 영원한 큰 별로 남을 것입니다

우리는
아름다운 뒷모습
참얼 김지경이란
푸른 향기를 기억할 것입니다

*2017. 2. 24, 참얼 김지경교장 퇴임식에서

아름다운 인연을 만나는 것은

아름다운 인연을 만나는 것은
서로의 향기에 취해
말없이 물들어가는 것이다

서로의 환경을 이해하고
서로 색깔을 인정하면서
서로의 향기에 묻혀 가는 것이다

가슴에
나 하나 버리고
너 하나 채워서
서로의 가슴에 둥지를 짓는 일이다

여기서 저기로 가는 길
새로운 세상 둘이 하나 되어
서로의 가슴에 호흡하며
강물처럼 흐르는 것이다

지상에서 가장 어려운 것은
아름다운 인연을 만나는 것이고
그보다 어려운 것은
인연을 곱게 지켜가는 것이다

아름다운 인연이 만들어지기를
까만 밤 하얗게 기도한다

제목 : 아름다운 인연을 만나는 것은
시낭송 : 박영애

스마트폰으로 QR 코드를 스캔하면
시낭송을 감상할 수 있습니다.

덫

어둠이 내릴 무렵
왕거미 큰 나뭇가지에서
바람타고 맞은편 가지에 오가며
꽁지에 투명한 끈끈이 사출하며
덫을 놓고 있다

바람을 이용한 번지점프
빙빙 돌며 밖에서 안으로 한 코
한 코 투명한 그물을 엮어 가더니
중앙에 죽은 듯 먹이를 기다린다

잠자리 멋내며 날으다
보이지 않는 거미줄에 걸려들어
파닥일수록 옥죄어지고
주검 되어 체액을 빨리고 있다

죽음의 그림자 모르고 조심성
없어 거미 밥 자초한 네 모습
방관한 공모자의 가슴도 저민다

먹고 먹히는 인간사
생존을 위함이야 그렇다 치고
부른 배 더 누리기 위한 탐욕의 덫은
어찌할꼬
갈 땐 손 펴고 가는데

가을비

혼몽한 가슴이
가을비 탓에 까맣게 탄다
고개 숙인 벼들은 햇살 그리움에
낟알 끝으로 눈물을 찔끔거리며
심장을 꺼내고
못다 벤 논두렁 풀을 타고 새앙쥐
눈까리 때록이며 벼알을 까니
농부는 잰걸음으로 낫을 휘두른다
소나기는 가을을 위하여 쏟아지지만
철없는 가을비는 촌부의 마음을
아는지 모르는지 여물어 가는 알곡의
뒤 통에 빗금만 칠 뿐
살다 보면
의지와 관계없이 비를 맞고
속살의 부끄럼을 적시는 순간도
있나 보다
자궁 위로 초음파 미끄러질 때
막 눈을 뜨는 생명이 섬찟 놀라듯

제목 : 가을비
시낭송 : 박영애
스마트폰으로 QR 코드를 스캔하면
시낭송을 감상할 수 있습니다.

가을비 / 기운용

가을비 온다
어젯밤 꿈에는 대체 무엇을 보았기에
온몸에 피 다 몰려 간만에 하초가 빳빳했더냐
내가 내 물건을 쥐어보고 놀라
새벽 광활한 공터에 어물쩡
무슨 심사로 여자도 없는 타석에 대타로 들어섰더냐
곰곰히 씹고 또 생각해 내려
들창문 열고 미역국 같은 부연 밖을 보아도
너만 모른다 너만 모른다고 훌쩍훌쩍 울며 가을비 온다
비는 오더래도 연 사나흘 오지 말고
오늘 하루, 오전만 살짝 오기
어딘가에 비 오는 곳 논두덕에 벼나락과 계실
정상화 농부시인님, 혼몽한 가슴 까맣게 타지 않도록
오전만 가을비, 여린 詩줄기처럼 살짝 오기
누군가의 질긴 생 붙들고
恨처럼 종일 내리지 않기
비를 맞고 누운 풀잎처럼 시퍼렇게 아파하지 않기

*소담 기운용 선생님의 답시

159

아름다운 인연을 만나는 것은

정상화 제4시집

2019년 8월 14일 초판 1쇄
2019년 8월 19일 발행

지 은 이 : 정상화

펴 낸 이 : 김락호

디자인 편집 : 이은희

기 획 : 시사랑음악사랑

연 락 처 : 1899-1341

홈페이지 주소 : www.poemmusic.net

E-Mail : poemarts@hanmail.net

정가 : 12,000원

ISBN : 979-11-6284-130-3